U0065368

襄平
北平
薊
南皮
平原
北海
鄴
濮陽
陳留
小沛
下邳
許昌
汝南
壽春
野
吳
建業
盧江
江夏
會稽
吳
柴桑
長沙
桂陽

西涼
天水
長安
洛
漢中
尚庸
襄
梓潼
蜀
永安
成都
江洲
武陵
雲南
零陵

萬靈神獸護劉備

文 岑澎維　圖 托比

序

處處為人設想的三國模範生

如果要從三國英雄之中，選出一位模範生，候選人裡，我一定要提名劉備。提名劉備，自然要為他拉拉票，讓我先分析出幾個提名他的原因。

首先是「立志」。劉備從小就立下志願，並且一步步朝著理想邁進。他曾經指著家附近那棵像鳥羽一般、層層疊疊華蓋茂密的桑樹，劉備說他以後要乘坐有這種華蓋的車輛——「吾必當乘此羽葆蓋車」。這遠大的志向，伴隨著憂國憂民的心情，讓劉備從一個織蓆賣草鞋的少年郎開始，一路走來，始終如一，最後實現他愛國愛民的志願。

中國人一直認為「立志」是一件重要的事，劉備小小年紀就能想好「我的志願」，所以值得提名。

第二個原因，也是他最大的特點——待人處事謙虛有禮，處處為人設想。舉例來說，有好幾次機會，他都可以占領益州、荊州；但是，劉備不願意這麼做，因為益州是劉焉、荊州是劉表管理的地方，他們都是劉姓宗親。

他的仁慈心腸，更表現在新野往樊城、襄陽遷移的路上，依附的百姓愈來愈多，甚至多到十幾萬，前進的速度愈來愈慢，劉備沒有捨棄百姓，走到哪裡，第一優先的永遠是百姓。

所以他受人民愛戴、部屬擁護。脾氣暴躁的張飛，對劉備心服口服；關羽在曹操手下時，受曹操敬重、封官晉爵，關羽完全不為所動，日日夜夜等待機會，讓赤兔馬帶他再回到劉備身邊。謹守承諾的諸葛亮，一輩子都在為三顧茅廬的知遇之恩而鞠躬盡瘁。趙雲捨命單騎救阿斗，更是精采的一頁；他一生追隨劉備，並且許下此生永不違背的誓言……一件一件，不禁讓人想問，劉備為什麼有這麼大的魅力。

我想，這就是他處處為人設想，才會擁有這些死忠的朋友。

第三個原因，就是他的低調、不居功。

低調、不居功，這種美好的德性，漸漸稀有，更加值得推薦。

曹操曾經與劉備在青梅園裡「煮酒論英雄」：曹操要劉備舉出當世英雄有誰，劉備一個接著一個說出來，曹操完全不認同。最後曹操用手指指劉備，再指指自己：「惟使君與操耳！」劉備聽了，大吃一驚。

劉備從來不把自己當英雄看，這種低調的個性，更需要有人拉他出來。稱漢中王、當皇帝，也都是受到部屬的尊崇、擁戴，他才接受。

劉備的好人緣，不是強求來的，而是他擁有吸引人的魅力。

淨說他好，一定會有人檢舉我對他認識得不夠深入。人沒有十全十美的，劉備當然也有他的缺點。

他的第一個缺點，大概就是感情豐富、淚腺發達，動不動就掉眼淚。有時候讓人覺得他真是愛哭，這個毛病大概不好改，他太容易感動了。

成績不夠理想、讀書不夠認真、武藝平平，這都是他需要再加把勁的地方。不過瑕不掩瑜，他的優點，就足夠讓我為他提名了。

所以，三國舉行模範生選舉的時候，請各位一定要考慮考慮劉備。他真的是一位功課平平，但品行端正的人，在提倡品格教育的今天，我更是要大力推薦他。

目錄

人物介紹

萬靈神獸

劉備

萬靈神獸，是一隻頑皮的幸運龍，專門消災解厄、排難解困。玉皇大帝派遣他守護劉備，希望運用他的專長，幫助劉備當上皇帝，走上帝王之路。但是他的幸運卻不怎麼靈驗，劉備依然為國為民憂心不已，而且帝王之路走得並不順利。

劉備，字玄德，為皇室後裔。從小失去父親，與母親織蓆賣草鞋為生，在母親安排下，拜在大學者盧植門下求學。後來朝廷派盧植接下盧江太守一職，劉備學業中斷。

當時黃巾賊在全國造反，朝廷無

力鎮壓；董卓廢除少帝，改立獻帝，自己在幕後掌握實權；袁紹、曹操也各據一方，打算問鼎天下。劉備以漢室後裔的身分，決定要為漢室效力，讓百姓安居樂業。

關羽，字雲長，留有一臉美髯鬚，人稱「美髯公」。與劉備、張飛桃園結義為兄弟，關羽排行第二，此後三人情深義重。

華陀曾為他刮骨療傷，談笑自若。劉備稱漢中王時，封關羽為「前將軍」。喜歡讀《春秋》，勇猛善戰、忠義兩全。

後人供奉關羽為神明，稱「關公」，奉祀的廟宇極多，香火鼎盛。

張飛

張飛，字翼德。與劉備、關羽桃園結義為兄弟，張飛排行第三。個性魯莽，喜歡喝酒，經常因喝酒而誤事。

張飛與關羽、劉備經常並肩作戰，他「聲若巨雷，勢如奔馬」，建立許多戰功。劉備稱漢中王時，封為「右將軍」；劉備稱帝後，封為「車騎將軍」。

諸葛亮

諸葛亮，字孔明。年輕時在隆中山上的臥龍岡耕種，喜歡讀書，經常自己比做春秋戰國時代的管仲、樂毅，而被好友推薦給劉備。劉備三顧茅廬，邀請諸葛亮擔任軍師。此後諸葛亮為了回報劉備知遇之恩，竭盡心力。

是一位優秀的軍事家、政治家、發明家，更是一位傑出的散文家。

趙雲，字子龍。原本是公孫瓚的部將，曾經與劉備一同出征作戰，兩人成為知己。趙雲非常欣賞劉備，曾經許下「終不背德也」的承諾，「德」即劉玄德。直到公孫瓚去世之後，才投奔劉備。一生追隨劉備，經常立下戰功，是一個思慮周詳、具有忠義精神的人，人稱「一身是膽」的趙子龍。

1 萬靈神獸幸運龍

「玉皇，我可以申請一朵五色祥雲嗎？」

玉皇大帝派我這萬靈神獸、幸運之龍，去守護一個小嬰兒，帶領他走向帝王之路。

出發之前，我想讓我守護的小嬰兒風風光光誕生，所以特地申請一個神蹟，但是玉皇搖搖頭。

「要不，我可以申請一顆特別亮的星星，掛在天空嗎？」

玉皇還是閉目養神，沒有點頭。

「玉皇，那麼，我可以在他出生之前，到他母親的夢裡舞弄一下、暗示一下，這樣以後的人要為他作傳，也比較有東西好寫。」

這次，玉皇大帝終於開口了：「幸運龍，再不去，錯過了時辰，你的小主人就要投錯胎了！」

我一聽，急忙抓起燈籠，踏上我的祥瑞之雲，就往人間飛奔而去。

「等一等，幸運。」玉皇輕聲的叫住我，我立刻踩下煞車。

「玉皇，什麼事？」

玉皇和顏悅色的說：「幸運，你這次的任務，就是幫助這個小嬰兒當上皇帝。別忘了，這些事你要守口如瓶。」

「知道啦！」我踩下油門，繼續向前衝去。

「幸運，還有——」

我又停了下來，問：「玉皇，還有什麼事？」

「他這一條帝王之路並不好走，我再安排一個人去幫助你，協助你完成這個超級任務。」

「這個人是誰？」

「到時候你自然知道。」

「好吧。」

玉皇又說：「幸運龍，你在人間，可別胡鬧。弄亂了歷史，我可要治你的罪的！」

「遵命，玉皇。」

「沒事了，幸運龍。去吧！」

「萬靈神獸、幸運之龍——來囉！」我駕起我的祥瑞之雲，穿過霧氣濃厚的雲層……但是，等等……發生什麼事了？

「我的燈籠和祥雲呢？」

怎麼才穿過雲層，我隨身的器具立刻融化，消失不見了！

「啊唷！」失去了祥雲，我失速下墜、下墜，最後掉在一幢茅草房子的屋頂上。

「跟我想的，完全不一樣！」

我以為玉皇派給我的，不是官宦人家，就是名門望族，要不然，也該來個書香門第；但現在看來似乎都不是。

看這簡單的茅草屋子，我就知道，我的小主人得靠自己打拚了。

但是別怕、別擔心，我是祥瑞神獸——消災解厄排難解困一次到位、萬靈的幸運之龍！

「主人，我來啦！」

小主人一聽到我的聲音，立刻從娘胎裡探出頭來哇哇大哭。我忍不住又抬起頭看看天空，看看玉皇有沒有派一朵五色祥雲過來。

「還是沒有！」

少了象徵不平凡的神蹟沒有關係，有我就行了。我會忠實守護這個平凡的小主人，讓他不平凡起來！

「劉備」，沒有錯，就是這個名字。

小主人姓劉名備，字玄德，幽州涿郡涿縣（註一）人。祖父劉雄，父親劉弘。

父親在縣府裡當官，官位不高，收入也不高。

現在我能做的，就是幫小主人把時間划快一點，讓他快快長大，帶給他超級無敵的幸運，用力把他推推推、推上龍椅寶座！

——呃，等等，玉皇說這件事不能說。

註一：現在河北省中部涿州市。因為是出了北京的第一個州，所以乾隆皇帝曾經命名為「天下第一州」。

2 身世族譜都靠譜

我這個祥瑞神獸、幸運之龍，就是要帶給小主人超級無敵的幸運。可是小主人還沒幸運起來，就嘗到人生第一個不幸：小主人最大的依靠——他的父親劉弘——去世了。

劉弘還沒來得及告訴小主人，他的家族起源、身世內幕，就離開人世；所以這個工作，就只好由我來做了。

「大漢的皇帝姓劉，你也姓劉，你是大漢皇帝的後代，你身上流著皇帝的血液。」

「皇帝的血液？那是什麼顏色的？」小主人第一次聽到時，驚訝的

看著自己。

「和平常人一樣，都是鮮紅色的！」

小主人拋開滿臉驚訝，他問：「哦？那有什麼特別？」

「特別的是，你是皇室的血脈。」

為了這血脈淵源，我常常要為小主人上上歷史課。

「大漢帝國已經三百六十五年了。打下江山的皇帝爺爺劉邦，原本只是一個農夫的孩子，你看他照樣穿上龍袍當皇帝！」

主人知道，我又要講故事了。他喊著：「幸運，再講一次，你再講一次祖宗爺爺劉邦『斬白蛇起義』的事！」

「主人，這故事已經講十六次了，我不講啦！」

「不行，我還要聽。再一次，再一次好不好？」

「不行，每天都講這個故事，你聽不煩，我講都講煩了。」

小主人把我捧在手心上，湊到他眼前，誠心的請求：「再講一次嘛，幸運。」

「就是拿你沒辦法。」

我只好再講一次，高祖起義的故事。

「秦朝末年，我們那擔任亭長（註二）的老祖宗劉邦，送一批犯人到酈山去，結果半路上有一些犯人逃走了。老祖宗心裡想，犯人逃走，是死罪；沒有把犯人送到，也是死罪。既然這樣，祖宗爺爺乾脆就把他們全放了……」

小主人記性好，立刻接著講下去：「這些被放了的犯人，有些不肯離開，就跟著祖宗爺爺一起逃亡！」

我笑著接下去講：「沒有錯！有一天晚上，路上出現一條大白蛇擋住他們的去路。祖宗爺爺揮起三尺寶劍，『刷』的一聲，砍斷擋路的大白蛇。」

小主人又接著講：「那條大白蛇就是秦始皇的後代，祖宗爺爺是一條赤蛇。秦始皇後代被砍了，秦朝氣數就盡了……」

這些故事，小主人早就背得滾瓜爛熟。他講得入神，還會學祖宗爺爺揮劍的樣子。

「我是皇室後裔、大漢的後代……」小主人常常到附近一棵大桑樹下玩耍。他也常常一邊玩，一邊講祖宗爺爺的故事給同伴聽。

小同伴總是問：「你這話靠不靠譜（註三）啊？」

「當然靠譜！」小主人有信心的說。

那棵枝葉繁茂的大桑樹，就像皇帝馬車的車蓋一樣，又尊貴又華麗。每個看了這棵樹的人，都覺得這是一個不平凡的象徵。

有一天，小主人在大桑樹下玩耍，幾個同村的孩子，也來到大樹底下。小主人看到朋友來了，開心的跑去跟他們一起玩。

我聽見小主人指著大桑樹的樹冠，大聲的說：「以後我當天子，也要乘坐有這種華蓋的車子。」

小主人的叔叔在旁邊聽到了，立刻大聲喝斥：「小孩子不准胡說。這話傳出去，是會滅族的啊！」

小主人聽了立刻跑開，一邊跑還一邊跟我說：「幸運，你看那棵大樹！」

哈哈哈，你又在說大話了。

我跳上主人的肩膀，跟他一起回家。

「幸運，等我長大了，我要當皇帝。我坐有這種華蓋的車子，你要坐在我身旁……」

「主人，我會一直陪在你身邊……」

註二：秦漢時，每十里為一亭，設有亭長，擔任捉拿盜賊的工作。

註三：可不可靠的意思。

3 織草蓆、賣草鞋

「孩子啊，嘴巴要甜、看到叔叔、嬸嬸，不管人家買不買，你都要跟人家打聲招呼，知道嗎？」

「娘，我知道。」

小主人收拾好昨天和母親一起織的草鞋、草蓆，背起比他還要高的籮筐，就出門了。天還沒亮，我躺在小主人的籮筐裡，跟著小主人到市集去。

小主人的腳步，節奏均勻有力，籮筐像搖籃一樣舒服。如果不是小主人生澀的么喝聲吵醒了我，我還不知道已經到市集了呢！

「來呀，買草蓆呀，來買又細又軟又舒服的草蓆呀！」

「大叔，買雙鞋吧，札實又耐穿，一雙抵兩雙，壞了還可以幫您修理。」

人潮愈來愈多，小主人么喝的聲音，幾乎要被淹沒了。

「主人，別難為情，大聲點！」

「來啊！……」

日子就在叫喊聲裡過去，小主人漸漸長得比籮筐還要高了。他在市集裡交了不少朋友，賣肉的、賣菜的、賣布的，他能跟任何人打成一片。賺來的錢他也不會花掉，全都交給母親。

小主人的生意愈好，我愈擔心。難道他要一輩子這麼過下去？

十五歲這年，小主人的母親把存下的錢都拿出來，要為他找個老師，讓他去讀書。

「唉，幸運，我娘要我去拜師求學問。」

「好啊！這麼好的事，主人，你嘆什麼氣？」

「我不想去。我想賣草鞋，賺錢養母親就好了。」

天哪！這怎麼行？難怪玉皇大帝要我來帶領他，走向帝王之路。看來小主人真想要賣一輩子草鞋。

「主人哪，賺錢的方法有很多種。你還是先讀書，將來做官賺錢，這樣你母親才有好日子過，不必一天到晚織蓆、織草鞋。」

小主人這才願意到京城洛陽附近去讀書。

小主人的母親有眼光，她為小主人找到一位不得了的老師——大學者盧植。他是朝廷高官，也是一位學問淵博的學者，武功更是犀利高

強。小主人跟這樣的人求學問，以後一定會有一番作為。

主人跟隨老師求學之後，才發現盧植真是一位了不起的人：「幸運，自古名師出高徒，我的老師也有一位赫赫有名的老師，那就是古文經學大師馬融。」

「所以你更要認真用功，將來，讓老師也以你為榮。」

「會啦、會啦，你看我的武功有沒有比較高強了？」

「學問更重要！主人，認真讀書，以後當個好的父母官。」

可是，主人只把我的話當耳邊風。他在老師這裡，沒有認真讀書，倒是結交了不少朋友。

公孫瓚就是這些朋友裡，最談得來的一個。他們兩個人經常在一起，像兄弟一樣。有錢的公孫瓚，喜歡騎馬、打獵、穿好看的衣服，主人也跟他學會了這些。

「主人，你忘了母親對你的期望嗎？」我忍不住出聲勸他。

「啊？怎麼可能會忘了？」

「那你為什麼不認真念書，整天只想出去騎馬打獵！」

「幸運，你不是跟我說過，祖宗爺爺劉邦不喜歡念書，但也一樣做皇帝。」

真是氣炸我了，竟然拿我跟他講過的故事來頂嘴，真是太過分了，非得打他屁股不可。

可是，讓我看看，他已經不是個孩子了！身高長到七尺半（註四），就是他這段時間最大的收穫，讓我沒有辦法再打他屁股了。

兩年的時間過去，盧植接到朝廷命令，要他去安撫廬江一帶的少數民族，所以主人的求學時光也跟著結束。

在回鄉的路上，我跟主人一起坐在大樹底下休息。帝王之路究竟在哪裡呀？我看著通往各處的道路，不知道該怎麼走才對。

「主人，未來你打算做什麼呢？」

主人看著我，說：「幸運，我們回家鄉去，繼續賣草鞋。」

我跳了起來：「你就打算賣一輩子草鞋嗎？」

「賣草鞋有什麼不好？光明正大賺錢。」

主人說完，立刻站了起來，挑了行李繼續趕路。

「主人，等等我呀！你可以做點別的，打仗、讀書、做點差事……」

「你不要管我！我就要讓後代的人說，賣草鞋一樣能當皇帝！」

什麼？我有沒有聽錯？

「主人你說什麼？」

「主人，你再說一次……」

註四：三國時期的一尺約為現今二十三公分；劉備的身高大約現在的一百七十三公分。

4 桃園三結義

主人誕生之後，發生過很多次瘟疫大流行。瘟疫就像死神一樣，奪走許多人的生命，所以一談起瘟疫，每個人都害怕。

主人二十四歲這一年，瘟神又再度橫行。

這天，主人背著籮筐，來到市集，準備做生意。

「劉玄德，現在瘟疫這麼流行，我以為你不敢出來了呢！」賣布的老李說。

主人笑著說：「在家裡悶得慌，不如出來做生意，還可以跟大家聊聊天。」

賣狗皮膏藥的老陳，立刻湊過來跟主人說：「草鞋劉，有一個冀州鉅鹿人，名叫張角，自稱『大賢良師』。你知道嗎？」

主人放下籮筐說：「狗皮陳，我怎麼會不知道？」

我立刻鑽進籮筐裡，躺在草鞋上聽他們聊天。

賣布的老李也說：「他呀，帶著兩個弟弟——張寶和張梁，還有許多他的信徒，到處為人治病！」

主人接著說：「我也聽說啊，張角是用藥材、符水、咒語為人治病，就這樣成為許多人心目中的活菩薩，信徒也愈來愈多。喂，狗皮陳，你的狗皮膏藥靈不靈？治得了瘟疫沒有啊？」

狗皮陳說：「我這膏藥治不了瘟疫，但我可是規規矩矩賣藥。那個張角啊，信徒愈多、崇拜的人愈多，就愈想當皇帝。他現在正在發動

『黃巾軍之亂』，全國上下幾乎快被他翻遍了。最可憐的就是我們老百姓，沒有一天好日子過！」

賣布老李說：「這張天公真是比瘟神還可怕！」

這一天生意大概不大好，他們就這樣聊了起來。原來張角自稱「天公將軍」，張寶是「地公將軍」，張梁是「人公將軍」。這三兄弟帶領各地信徒，頭上戴著黃色布巾，在不同的地方同時暴動，四處殺害朝廷官員、放火燒官員房子。幾十天之內，整個國家都泡在震撼、驚動之中，比瘟疫還要可怕。

賣布老李又說：「朝廷為了討伐黃巾軍，四處招募義勇軍，要平息這場騷動。」

這時，我聽見狗皮張跟主人說：「草鞋劉，那邊很多人在看告示。

你讀過書、認識字，去幫我們看看上面寫些什麼？」

「好啊。反正今天客人也沒幾個，我先收攤了吧。」

收了攤，主人站到小亭子前去看那張公告。我站在主人的肩膀上看，告示上寫著幽州太守劉焉要招募義勇兵，去討伐黃巾賊。

「主人，別賣草鞋了。這是一個好機會，你去試一試！」

主人站在這張公告前，搖搖頭、重重的嘆了一口氣：「這個我喜歡。但是我沒有錢，也沒有人手，我要怎麼去啊？」

「大丈夫，不為國家出力，嘆什麼氣？」

這聲音讓我差點兒跌了個跤。說話的人，是一個粗粗壯壯的漢子。這個壯漢身高八尺，一雙圓滾滾的眼睛帶著殺氣，殺氣裡還隱藏著一點點不平凡；一把鬍鬚飛天鑽地的在臉上亂爬，一開口就像雷神怒吼。

主人看他不是普通的人，就請教他姓名。

他說：「姓張名飛，字翼德。平常賣酒、殺豬、種田為生，喜歡結交朋友。剛才聽見你重重的嘆了一口氣，所以才這麼說話。」

主人說：「我是漢室後裔，姓劉名備，字玄德。聽見黃巾軍搗亂，很想要去討賊，讓人民過好日子。可惜我就只有一個人，什麼辦法也沒有！」

「你真是憂國憂民啊！沒有關係，我出錢去召集鄉裡的勇士，我們一起去討伐亂賊，你看怎麼樣？」

主人聽了好開心，就邀他一起到小店吃飯。兩人一邊走、一邊聊，完全忘了背上的籮筐裡還有我。

主人和張飛來到一家小店，才坐下來，發現有一個壯漢推著車子來到門口。

我從籮筐裡探出頭來看：這個壯漢足足有九尺高，留著一把漂亮的長鬍鬚，服貼烏亮有型，足足有兩尺長；他臉色紅潤、相貌莊嚴正直，一看就知道比剛才的那個斯文。

「這位英雄，過來和我們一塊兒坐吧。」

主人賣鞋、求學這麼多年，唯一學到的就是「交朋友」這功夫——他很快就能跟陌生人熟起來。

「兩位英雄，在下姓關名羽，字雲長。我聽說這裡正在招募義勇兵，要去討伐黃巾賊，所以特地來看看有沒有志同道合的人，可以一起去接受招募。」

果然又是一個有志青年。三個人坐下來吃東西聊天，聊到店家要關門了，還依依不捨不想離開。

大鬍子張飛提議：「我看這樣吧，何不到我住的村子去，我們一起商量如何破解黃巾賊。」主人和關羽立刻同意，起身跟著張飛走。

三個人在張飛的住處又聊了一整個晚上，話題一直繞著黃巾賊、張天師、義勇兵打轉。天亮的時候，我醒過來，才知道他們一夜沒睡。我聽見張飛說：「我們這村子後面有一片桃花園，現在桃花開得正茂盛。我們三人何不就在桃園之中，祭告天地，結為兄弟；從今以後同心協力，不管做什麼事，都要在一起。」

主人和關羽聽了，都覺得這個主意好極了。三個人準備了祭品，一起來到桃園之中，焚香祭拜，立下誓約。他們說從此以後三人結為兄

嘻，又有酒喝了……

弟，同心協力報效國家、保護百姓。

「不求同年同月同日生，但求同年同月同日死。」

兄弟結拜的誓詞雖然都一樣，但是我看得出來，他們都放了加倍的感情。

有錢才能打造好武器，好武器才能創造真英雄。主人和他的義弟決心討賊的氣魄，感動了兩位富商，他們看出主人的不平凡，日後必有一番作為，特地拿出了一筆贊助金讓主人打造了一對「雌雄雙股劍」；而關羽打造一把八十二斤重的「青龍偃月刀」；張飛則打造一柄又細又長的「蛇矛」，一丈八尺長，矛頭像一條吐信的蛇，銳利無人能敵。

等武器準備好，也買了刀槍不入的鎧甲，再聚集五百多人，三人就去見太守劉焉。

主人的精采人生，就要開始了。我得跟著他一起上戰場，帶給他無人能敵的大幸運，好幫助他打下一片江山。

5 怒鞭督郵大人

「劉玄德，你跟我一樣姓劉，你祖上有什麼人？」幽州太守劉焉這麼問主人。

兩個人把歷代祖先拿出來比一比、算一算，我也在旁邊數著手指排順序。最後算出結果，劉焉得意的說：「呵呵，我比你高一輩，你該叫我叔叔才對。」

主人也不多說，立刻行拜見禮：「叔父大人，請受小姪一拜。」

有了這一層叔姪關係，主人立刻受到重用。當五萬黃巾軍侵犯涿縣時，劉焉立刻派遣校尉（註五）鄒靖帶著主人，以及五百個士兵一起去

破敵。

五百對五萬，這仗要怎麼打？主人要有一百倍的幸運才行。

「主人別怕，萬靈神獸、幸運之龍就在你身邊！」

「幸運，你別過來，快到一邊去！刀劍不留情！」

「不行，我是你的守護神！」

主人揮舞雌雄劍，騎在馬上迎接揮過來的每一劍，技術不是很熟練，但是他小心應戰。我也看見關羽的大刀舞動起來，像挑動大海的波浪一樣，氣勢洶湧澎湃，給黃巾軍一個迎頭痛擊。張飛眼光透出殺氣，伸出丈八蛇矛輕鬆抵擋，他一個人就能應付二十個人。

五百人應戰五萬人，小蝦米對抗大鯨魚。人數雖少，一身熱忱散發出來，打得黃巾軍四散奔逃。

打了勝仗回來，太守親自出城迎接。「這一仗，打得真是筋骨舒暢啊！」主人這麼跟我說，看來，他很滿意自己的表現。

第二天劉焉又接到青州太守龔景的求救信，說黃巾賊圍住青州城，希望劉焉能出兵相救。

劉焉這次給了五千士兵，主人又跟著校尉鄒靖一起去打仗。這次主人有經驗了。他知道士兵少，自己武功又不高，要用一點計謀才行。

「雲長，你帶一千士兵，躲在山路左邊。」

「翼德，你帶一千士兵，躲在山路右邊。」

「我以敲鑼當作信號，你們聽到鑼聲，立刻出來接應！」

主人把銅鑼交給我，讓我躲在山谷入口。

「幸運，看到我回山谷，立刻敲鑼！」

「是！」

他帶著三千士兵去和黃巾軍作戰。我站在高大的樹木上觀看：兩邊軍隊一交手，主人便假裝抵抗不了，敗退下來。黃巾軍立刻乘勝追擊，全軍出動追趕。主人一步步退到狹窄的山谷來。

「鏘鏘鏘！」主人的軍隊一進到山谷裡，我立刻大敲銅鑼。關羽和張飛聽見了，帶領士兵從左右兩邊衝了出來；加上主人的三千士兵，前後左右包圍夾擊，把那黃巾軍打得暈頭轉向，不知道該躲到哪裡才好。

一連串的勝利，主人只得到一個小小的官位——中山府安喜縣尉。這是一個在縣太爺手下做事，維護縣裡治安、捕捉盜賊的工作。

主人也不計較官大官小，開開心心上任去了。主人知道百姓疾苦，不會隨便打擾百姓，百姓都對主人留下好印象，也對主人很尊敬。

主人和關羽、張飛三個人形影不離，吃飯、睡覺、打仗都在一起，就像親兄弟一樣。

主人在安喜縣當縣尉四個月之後，安喜縣來了一位督郵大人；督郵的責任，就是到各地看看官吏有沒有認真工作。主人和兩個兄弟接到消息，立刻一起出城迎接，我自然也跟著主人去看熱鬧。

那督郵大人態度傲慢得不得了，只用兩個鼻孔看了一下主人，其他的人他看也不看。關羽、張飛氣得鬍子都快飛起來了。

督郵問：「你是什麼來歷？」

主人小心的回答：「我是中山靖王的後代劉備，因為討伐黃巾賊有軍功，所以朝廷給我安喜縣尉這個職位。」

「你說你是皇帝的親戚，有沒有依據？胡亂攀關係是要殺頭的。你知不知道，現在朝廷正要除掉你們這些靠軍功起家的官差！」

督郵大人那副懶洋洋又高高在上的樣子，讓張飛忍不住要上前揍他，主人暗拉了他一把，又笑嘻嘻的繼續跟督郵報告縣裡的治安。

督郵大人住在安喜縣時，故意造謠，說主人當縣尉，卻殘害百姓，應該革職查辦。這件事惹出了軒然大波。

有一天，我四處閒晃，看見五、六十個老人站在督郵門前一邊搖頭、一邊擦眼淚。

我覺得很好奇，碰巧張飛也經過，他看見了這景象就問：「老人家，你們為什麼哭哇？」

老人家無助的說：「唉，那督郵說劉縣尉殘害百姓，要免去他的官，這根本沒有的事兒。我們來這裡請求，他不但不讓我們進去，還讓人把我們打了一頓，趕我們出來。」

張飛聽了，氣得差點把牙齒都咬碎了。他跳下馬直接進門找督郵，誰都擋他不住。

「你這害民的賊，還認得我嗎？」

張飛一開口，隔著屋子都聽得清清楚楚。

「我的媽呀！」大事不妙，我立刻跑回去找主人來。

主人和關羽趕到的時候，張飛已經把督郵綁在拴馬的樁子上，正用柳條在鞭打他。張飛一邊打，還一邊罵：「像你這種造謠生事的賊，留

哎呦，
看起來好痛！

著做什麼？」

那位被打得昏過去又醒過來的督郵，苦苦的哀求著：「玄德，救救我的小命啊！」

主人心軟，只好幫督郵求情：「賢弟，饒了他吧，別再打了。」

聽到義兄求情，張飛這才停下手來。

關羽也開口說話：「大哥建了這麼多軍功，只得到縣尉這麼一個小官，這裡不值得我們留下來。我看我們不要這個官了，回家鄉去吧。」

其實，主人也忍耐到了極限，於是他解下官印，掛在督郵的脖子上，告訴他：「官印還給你，告辭了！」

而後三兄弟痛痛快快的離開了安喜縣。

「此處不留人，自有留人處……」

「那個督郵太傲慢了！」

「大哥，你這官命也太短了，只有四個月……」

註五：武官的官名。

6 天上掉下來的官

主人離開安喜縣後，在同窗好友公孫瓚的推薦下，擔任過別部司馬（註六）、平原縣令（註七）、平原相（註八）的工作。

在主人三十三歲那年秋天，徐州發生一件震驚全國的事：兗州東郡太守曹操的父親曹嵩在徐州被殺。

主人在外面聽到恐怖的消息，他告訴我：「曹操找不到真正的凶手，所以打算把徐州的百姓全殺了。他覺得這樣就能為父親報仇。」

這件事傳得大街小巷都知道，曹操瘋狂的進行這件事，命令手下在徐州見人就殺。徐州百姓生活在恐懼之中，沒有人知道自己能不能活到明天。

「主人，現在徐州變得像一鍋沸騰的水一樣，大家只想離開，不想靠近。」

「唉，可不是，這樣下去百姓要怎麼安定下來呀？國家都沒有王法可以管了，曹操為所欲為，連天子都拿他沒辦法。現在呀，徐州牧（註九）陶謙大概要一個頭兩個大了！」

隔了不久，一位名叫太史慈的人，來向主人求救，請主人一起去對抗曹操。

太史慈跟主人說：「曹操在徐州做的事，您大概知道了。」

「這件事早已傳遍全國，誰人不知？」

太史慈繼續說：「徐州牧陶謙打算親自到曹操陣營中，任憑曹操處置。但是他的別駕（註十）糜竺知道這是沒有用的。」

主人說：「沒有錯，陶謙去了只是白送性命。」

太史慈又說：「於是糜竺到北海郡去向太守孔融求救。剛好我與孔融是情義相投的好友，孔融一面發兵，一面要我來請求您的幫助，一起對抗曹操。」

這孔融可是鼎鼎有名的人，連我幸運龍都知道。孔融不僅出身門第世家，也是孔老夫子的二十世孫；小時候讓梨子給哥哥的事，更讓天下人對他豎起大拇指。

主人聽了又驚又喜的說：「大名鼎鼎的孔融，竟然知道這世界上有劉備呀！」

太史慈跟主人說：「您是大漢宗親，拯救國家百姓也是您的責任。

現在曹操殘害百姓，我們一起去拯救無辜的人民吧！」

主人立刻點了三千士兵，打算一起去幫助孔融救徐州百姓。

「等一等，我的兵馬還是太少，讓我去跟同學公孫瓚再借一些，稍後立刻趕來。」

太史慈擔心主人騙他，他說：「這是救命的事，請您千萬別失信。」

主人聽了這話，有點兒不高興，他說：「您以為劉備是什麼樣的人？我這次去，不管借不借得到軍馬，一定會再跟您會合的。」

太史慈還不了解主人，主人就是這個優點令人欣賞，他說話算話。

我跟著主人到公孫瓚那兒，公孫瓚聽到要借兵，皺著眉頭跟主人說：「玄德，曹操跟你無冤無仇，你何必替人強出頭？」

「但是我已經答應人家了，我不想失去信用。」主人請求著。

公孫瓚為難的說：「好吧，那就借你兩千士兵。」

「兩千？」大老遠跑一趟，只借到兩千士兵？

看來公孫瓚不是很想幫忙，我在主人耳邊提醒：「再借一個趙雲，一個趙雲抵得過三千大軍！」

少年將軍趙子龍長得濃眉大眼、威風凜凜，曾經立下不少戰功，是公孫瓚的部將。在和冀州牧袁紹對戰的時候，他曾經和主人一起並肩作戰，那時候我就看出這個少年將軍一身是膽，很不一樣。

主人便開口：「我還想跟你再多借一個人。」

「什麼人？」

「趙雲。」

「好吧。」公孫瓚爽快答應這件事。

於是主人帶著兩千士兵和趙子龍，一群人馬奔向徐州城。徐州牧陶謙看見主人帶著兵馬到來，激動得不得了。

「你這個年輕人，我很欣賞你！你真是一個講信用的人啊！」

陶謙回頭跟別駕糜竺說：「去把我的印信拿來，交給這個年輕人。」

「這是什麼意思？」主人聽了，嚇一跳。

「天哪，主人，交印信就是交官位的意思，陶謙要把官位讓給你！」

真是太不可思議了，第一次見面就給這麼重要的官位。天下共分為十三州，徐州是其中之一；一個州的州牧，這個見面禮未免太重了吧！

陶謙說：「現在天下大亂，我啊，年紀大了，沒有辦法再管這些事兒。你是大漢宗親，我把徐州交給你，請不要推辭。我也會向朝廷稟告，讓你管理徐州。」

啊～無功不受祿，我怎麼好意思呢？

但是主人一再推讓，他決定先去跟曹操打一仗，其他的事以後再說。

第一次對戰威震天下的曹操，連我幸運龍也被嚇呆了。曹軍在戰場上見人就殺、見馬就砍，瘋狂掃過，幾十萬徐州百姓就這樣被殺了。

「難怪陶謙要讓出徐州，再這樣下去，徐州一定會成為空城。」

在最緊急的時刻，一個人出現，救了無辜百姓，也救了我們大家。這個人就是呂布。

呂布趁曹操攻打徐州，沒有時間看守自己的兗州，就帶著兵馬去偷襲，讓曹操只好放下徐州，回去守住兗州。

所以說，如果一連串的敗仗是不幸，呂布的出現，就是幸運。

年紀愈來愈大的陶謙，趁著可以喘一口氣的機會，又流著淚、握著主人的手說：「如果你不願意接受徐州，我真會死不瞑目啊！」

「大哥，州牧都這麼有誠意了，你就接受吧。」關羽看不過去，幫忙勸說。

張飛也說：「是啊，又不是我們強要的，他好意相讓，大哥就別再推辭了吧。」

主人還是堅持不肯：「州牧不是個小官，所謂無功不受祿，我這次一點功勞也沒有，怎麼能接受這職位。」

看到主人的態度堅決，我跟主人說：「如果主人還是不肯接下這個職位，這附近有個地方，叫做『小沛』，主人可以在那裡駐軍；一來保護徐州的安全，二來也有個地方可以安頓，你看怎麼樣？」

「好吧，幸運，就聽你的。」主人想了一會兒才答應。

六十三歲的陶謙病重時，又請主人去商量徐州的事。

「我請你來，為的還是這件事——請你接受這徐州的印信吧。」

主人為難的說：「你明明有兩個兒子，為什麼不把這個職位傳給他們呢？」

「他們沒有才能，我必須為徐州的百姓著想。」

陶謙說完這句話，嚥下最後一口氣後，就離開人世了。

主人沒有辦法再拒絕，才勉強接下這個官職。除了關羽、張飛，主人還派孫乾、糜竺、陳登擔任他的助手。

徐州是個大州，主人終於在三十五歲這年有個像樣的官職，最開心的，大概就是我這幸運罷了！

不！現在還不能鬆懈，我要努力把主人推上更高的位置。

註六：地區性的軍事長官，屬於中級武官。

註七：縣級行政區最高官員。

註八：東漢時，最大的行政區是州，其次是郡（國）、縣、鄉、亭、里。國的行政長官是相，官階與郡太守相同。

註九：當時天下分為十三州。靈帝時，州的最高長官為州牧，總攬地方大權。

註十：別駕是官名，輔佐州牧的官。

7 看族譜脫胎換骨

曹操回到兗州，花了一番功夫把呂布打敗，呂布只好到徐州來投靠主人。

主人一直不想當徐州牧，所以呂布來投靠他的時候，主人思前想後，很想把徐州交給他。主人找我商量：「幸運，呂布很想得到徐州，我也想把印信交給他；如果不是他，徐州早就被曹操殺成空城了。」

「不，主人，你沒有看到他貪婪的眼神？你不能把印信交給他，最好也不要收留他，快讓他離開徐州吧！」

但是，主人沒有聽我的話。唉，留下呂布，真是留下一頭豺狼啊！

果然後患無窮。

呂布雖然來投靠主人，誰都看得出他的野心——他想得到徐州。所以當袁術邀他站在同一陣線的時候，他毫不考慮就答應了。徐州就像一塊肥美可口的食物，每個人都想得到它。

另一件鬧得天下人都知道的事，就是曹操把皇帝帶到許都去。朝廷大大小小的事，都要先向曹操稟告，再由曹操代替皇帝決定怎麼處理。

主人知道這件事之後，在屋子裡走來走去，他愈想愈氣：「這不就是『挾天子以令諸侯』嗎？曹操有了皇帝這道護身符，以後殘害忠良、欺壓百姓，不就更可以為所欲為了！」

我說：「皇帝成了他的擋箭牌，以後他只會更加霸道！」

說著說著，皇帝派人送詔書來，要封主人為「征東將軍」和「宜城亭侯領徐州牧」。

主人一臉懷疑的跟我說：「不知道這是曹操的意思，還是皇帝的命令？」

就算不安，也只能接下詔書。使者還告訴主人：「您得到皇帝這道命令，都是曹將軍在皇帝面前說的好話啊！」

「感謝、感謝，感謝皇上恩賜。他日一定當面向曹將軍致謝！」

曹操為什麼要對主人這麼好？就在我也感到納悶的時候，那使者又拿出一封密函，交給主人。

主人拆開來看，密函上要主人殺了呂布。

使者離開之後，我告訴主人：「主人，難怪曹操這麼好心。他是用呂布當條件，先給你官爵，再要求你殺了呂布。真是個狠角色啊！」

「呂布來投靠我，卻要我殺了他，這是不義的事，我不做。」

「主人，如果你殺了呂布，正好替曹操除掉心頭大患。曹操就怕你和呂布聯手去攻他；如果你和呂布兩個自相殘殺，他不就能漁翁得利了嗎？」

「幸運，你想的跟我想的正好一樣。」

主人便回了一封信給曹操，上面寫著：「這件事請慢慢再說。」

過不了幾天，皇帝詔書又來，這次是要求主人討伐袁術。

「主人，這一定也是曹操的主意。」

主人不費吹灰之力得到徐州，袁術心裡一定很不是滋味，他也想來搶奪這個地方。

袁術派將軍紀靈帶十萬大軍殺向徐州，主人於是帶著幾千兵馬，雙方在徐州的盱眙開戰。

我跟著主人來到兩兵交接的地方。紀靈一看到主人，開口就罵：「你這個織蓆賣鞋的鄉下人，快把徐州交出來；否則到時候你們死傷慘重，不要怪我！」

紀靈派遣副將和關羽對決，才一回合，就被關羽砍倒在地。袁術人馬立刻失去信心，接下來便節節敗退。

想不到，呂布這個薄情寡義的人，竟然趁著主人大戰袁術的時候，輕輕鬆鬆佔領徐州城。

消息傳來，每個人都氣憤呂布不仁不義的行為；主人卻看得很開，他說：「這徐州對我來說，得到有什麼好高興？失去又有什麼好難過？」

主人回到徐州城，呂布還假情假意來見主人，他說：「我是因為你

不在徐州，特地來為你守住這城池的。」

主人告訴呂布：「我早就想把徐州讓給你了。」便把徐州讓了出去。

看著主人，我只能氣他太軟弱：「你為什麼不拿出你霸氣的樣子？你為什麼不把他趕走！」

「幸運，一切都是命，我們還是等待時機吧！」

我很擔心，他這樣要怎麼做皇帝啊？

主人看看大家，只說了一句：「我們回到小沛去吧！」一群人只好聽他的話，退守小沛。

主人在小沛駐軍，呂布竟然又來攻打小沛。他命人把小沛城團團圍住。

我在城垛後往城下看，那呂布真是勇武過人，主人這邊的兵馬恐怕不是他的對手。

主人研究了很久，還是覺得不應該隨意應戰，他告訴大家：「呂布驍勇善戰，箭術精準，體力過人，我們恐怕都不是他的對手。我看，還是不要白白送死。」

於是主人召集關羽、張飛，和別駕糜竺、謀臣孫乾一起商量對策。

孫乾獻上一個計策說：「曹操最恨呂布。我們何不投奔曹操，借曹操的軍隊來制伏呂布，將軍覺得如何？」

這個主意不錯，主人聽了便決定去向曹操求救。一場徐州會戰於是展開，呂布多次戰敗，最後甚至連部下也都反叛，他被綁到曹操跟前。

呂布還想求和，他跟曹操說：「如果你得到我，讓我為你效力，天

下就會是你的了！」曹操聽了很心動，他看一看主人，想徵詢主人的意見。

我躲在主人的衣領裡，小聲的說：「主人，別忘了他對你的無情！」主人聽了立刻對曹操說：「曹公忘了那些讓呂布效力過的人，他們的下場了嗎？」

果然一語點醒夢中人，每個被呂布效力過的人，後來都遭受呂布反叛，下場淒慘。

呂布的命就這麼結束在曹操手上了。

主人因為徐州會戰有功，曹操上書報告皇帝，並且帶主人去見皇帝。

主人穿著官服，在宮殿前的石階上，覲見皇帝。

真是不容易啊！龍椅就在主人面前，我幾乎忍不住想高呼：主人哪，你知不知道？幸運龍就是要帶你坐上這張椅子啊！

年輕的小皇帝像在交朋友一樣，他問：「劉將軍，你祖先有些什麼人？」

主人滾瓜爛熟的回答：「我是孝景皇帝第七個兒子——中山靖王——的後代，祖父是劉雄，父親是劉弘。」

皇帝聽完很驚訝，他問：「那不就是皇室宗親了嗎？」皇帝立刻要人拿皇室族譜來看。

我也跳上龍椅高高的椅背由上往下看。那長長的族譜上，密密麻麻的記載著皇室血脈如何分枝：孝景皇帝名下有十四個兒子，往下數到第

七個，果然就是中山靖王劉勝。

數數看，中山靖王有幾個孩子？乖乖隆滴咚，燒餅捲大蔥！我差點從椅背上跌下來。上面有紀錄的，就五十幾個，難怪主人會家道中落又流落在外。

皇帝一個個往下看，代代相傳到十八世，就是主人的父親劉弘。

小皇帝像發現一個好遊戲一樣，玩得好開心。他又花了一番功夫，查查自己這邊的譜系、對對主人的譜系，兩邊合起來算算輩分：

「哎呀，朕要叫你一聲『皇叔』呀！」

十九歲的皇帝跟三十九歲皇叔，兩個人聊得起勁，把我這條幸運龍都丟到一邊去了。

離開之前，皇帝贈給主人一個爵位，叫「左將軍、宜城亭侯」。

「前、後、左、右」四個將軍，職位只比大將軍低一點，但已經是個不小的職位了。「宜城亭侯」是領有國家俸祿的「貴族」，表示主人不再是普通的老百姓。

出了皇宮，大家立刻改口，稱呼主人為「劉皇叔」。

「皇叔」跟「皇帝」只差一個字了，我要再加把勁才行！

8 煮酒論英雄

「董國舅深夜來訪，不知有何事。」有一天，深更半夜裡，皇妃的哥哥來找主人。

「我怕白天來，被曹操手下看見起疑心，所以還是深夜來比較好。」說著，這個董國舅，拿出一條衣帶給主人看。

「這衣帶怎麼了？」

董國舅壓低了聲音，把事情從頭到尾仔細的告訴主人：「前年，曹操強押著年少的皇帝從洛陽到許都；從那時候開始，皇帝一切都得聽曹丞相的，什麼事都沒有辦法作主。現在，皇帝十九歲了，丞相還抓著政

權不放，完全不把皇帝放在眼裡……」

「皇上在這條衣帶裡面，縫了一封親筆信給我，希望我能幫他的忙……」

說著，董國舅打開皇帝詔書讓主人看，我也湊過去；才只看了一眼，嚇得差點從主人的衣領跌下去：衣帶上面全是血淋淋的字，讀來讀去重點只有四個字：「除掉曹操！」

接著董國舅拿出一張加盟合約書，上面已經有六個人簽名，這些人同意一起除掉把持政權的曹操。

「如果玄德願意加入，那麼我只要再找三個，就能湊到十個了。我們十個人同心協力，一起除掉曹操，為國家盡心、為人民謀福。」

主人在上面簽了名，董國舅才離開。我忍不住叮嚀主人幾句：「主

人，董國舅真是信任你。但是別忘了，曹操心狠手辣，為了替父親報仇，殺盡徐州百姓都不眨眼。你一切要很小心才是。」

「我知道，我會小心的。」

為了讓曹操沒有戒心，也讓曹操認為自己胸無大志，主人聽我的建議，去當農夫；每天到菜園裡鬆土種菜，過著看起來輕鬆悠閒的生活。

有一天，關羽和張飛都出門去了，突然一個來人直接進到菜園裡，來到主人面前：「劉將軍，丞相請您過去一下。」

主人正擔了水要澆菜，忽然聽到曹操的邀請，心裡一慌沒站穩，水桶從扁擔上滾落下來，灑得一身都是水。

主人強作鎮定，問那使者：「有什麼事嗎？」

使者說：「不清楚，丞相只要我來請，什麼也沒說。」

我看到主人臉色蒼白，猶豫了一下。

「主人你的臉色太蒼白，趕緊換個好氣色。」

等主人洗了臉、換了衣服，我們立刻趕到丞相府去。

「劉玄德哇，你做了好大的一件事啊！」曹操一開口，就讓我和主人都嚇了一跳。

「丞相，什麼事啊？」

曹操拉起主人的手，笑呵呵的走進後院。到了後院，他才說：「當農夫，不容易啊！」

「丞相，沒什麼，消遣消遣罷了！」主人和我，都不知道曹操是否

話中有話。

「來來來，玄德你看，那枝頭上的梅子，結實纍纍真是好看哪。」

曹操意猶未盡，他回過頭看看主人又說：「這讓我想起去年。

「去年怎麼了？」主人小心的回答。

「去年我帶軍征戰，路途遙遠又嚴重缺水，所有的士兵都感到口渴難耐，再也走不動了……」

曹操停頓了很久，他抬起頭，看了看枝頭嫩黃翠綠的梅子，伸手指著前方，大叫一聲：「看！」

主人又被他嚇了一跳。

曹操才接著說：「快看哪——前面有一大座梅子林！」

曹操瞇起眼，得意的笑了起來：「呵呵呵，沒有錯。我用馬鞭指著前方，說：『前面就有一座結滿梅子的園林，梅子又甜又酸，可以解渴！』想到黃中帶綠的梅子，大家嘴裡充滿了口水，再也不渴了。」

曹操對自己做的這件事，似乎感到很得意。他閉起眼睛，沉浸在回憶裡；好不容易才回到現實，然後看著眼前這片梅林。

「玄德啊，現在梅子結得正美，怎麼能讓它隨著季節就消失了呢？正巧，我溫了一壺酒，所以特地派人去請你來這裡，我們一起賞梅品酒吧！」

曹操拉著主人，來到煮著酒的亭子。

一壺酒飄出十里香氣，真是好酒啊！我聞了差點醉倒。如果不是要保護主人，我也很想嘗一口。但是我要提高警覺，不知道曹操葫蘆裡賣的是什麼藥？那酒裡，有沒有什麼玄機？曹操為什麼對主人這麼好？

曹操的熱情，反而弄得主人心神不寧。

「玄德，你眼力過人，——英雄，當世英雄，你能說出幾個來？」曹操問。

「別害怕，儘管說。」

主人笑著說：「劉備眼力太差，英雄站在眼前也看不出來。」

主人只好說：「袁術兵多糧食足，應該是英雄吧。」

曹操臉色一沉，說：「我遲早會逮了他，要他的命！」

主人又說：「那麼袁紹——袁紹手下兵多將猛，算是英雄了。」

曹操仍然搖頭：「這個人貪圖小利，成不了大事。」

主人接著又說了好幾個人，曹操都不開口，只是閉著眼睛聽，不斷搖頭。

主人只好說：「那我真的不知道還有誰算是英雄了。」

這時候，曹操湊向主人眼前，用食指指著主人，再指指自己，他說：「天底下，能稱得上英雄的，就只有你——和我了啊！哈哈哈！」

「哐噹！」被曹操這麼一說，主人一失手，湯匙掉落在地上。

曹操的話，讓主人吃了一驚，難道曹操知道了那天深夜裡的祕密？

緊急的時刻，幸好打了一頓又響又重的悶雷，主人才有臺階可下。

「這雷，真是嚇人啊！嚇得我這湯匙都拿不穩。」主人彎下腰去撿，掩飾了自己的慌張。

「一個大男人，怎麼可以被雷嚇成這樣？」曹操說。

主人回復從容的神色：「孔夫子說過，遇到打雷、強風，都要改變臉色，表示對上天的敬畏。我怎麼能不害怕這雷呢？」

我是英雄？不敢當啊……

看來曹操還不知道董國舅的密謀。主人繼續與曹操煮酒談天；我難得來丞相府，主人平安，我就好好逛丞相府去吧。

9 藏不住的祕密

皇帝在許都，曹操在許都，主人更是小心翼翼的在許都種菜。曹操要取一個人的性命，一定會堅持到底，所以主人很想離開這危機四伏的許都。

「主人，機會來了。剛才我在路上聽到消息，袁術要去找他堂哥袁紹，中途會經過徐州。主人，快找機會跟曹操說，說你要帶兵攻打袁術，這樣，就能順理成章離開許都。」

主人立刻去見曹操，曹操爽快的答應。主人在徐州順利打敗袁術之後，也決定不再回許都，他要留在徐州。

徐州百姓一直生活在戰爭、慌亂之中，很渴望有安定的生活。所以主人一回來，我看見百姓們站在街道邊，歡迎聲一陣接著一陣，看得我好得意，這就是我的主人！

董國舅密謀殺曹操的事，還是不小心走漏了風聲。曹操震怒得幾乎掀了全國，他把董國舅一家連根拔除，就連他妹妹董貴妃也不放過。如果不是他的部下程昱不停勸諫，曹操連皇帝都要廢了。

當曹操知道，主人也是密謀要殺他的人之一，更是要瘋狂追殺。埋伏在曹操陣營的細作（註十一），一有動靜就偷偷回報，消息瞬間傳到徐州給孫乾，孫乾傳報給關羽，關羽傳報給主人。

主人震驚的程度，不下於曹操。主人要謀臣孫乾想想辦法。

「我去找我的朋友田豐，看看他能不能幫上忙。」

田豐是袁紹的臣子。孫乾去了沒多久就回來，看來是沒有什麼希望。孫乾告訴主人：「袁紹因為最小的兒子生病，心神恍惚，所以沒有心情出兵相救。」

「也許，這就是天意了。」主人憂心的說。

孫乾又轉告袁紹的話：「袁紹說，如果主公遇到困難，無處可去的時候，可以去投靠他。」

張飛在一旁聽了，耐不住性子，他說：「依靠別人沒有用。我們也別等曹操來攻打我們，讓我趁著半夜他們大老遠跑來，還沒休息夠，先去劃平他們再說吧！」

他揮舞著丈八蛇矛，好像曹操就在他眼前似的。

「這也許是個辦法。」主人決定夜裡去進攻曹操的營寨。那天夜裡，月色微微發亮，我在月光下看著主人。仔細一算，我跟著主人已經四十年了！主人漸漸的有了白髮，臉上也有了皺紋，已經娶了兩位夫人，卻一個孩子也沒有。

我忍不住向玉皇大帝祈求，求他別忘了讓主人有子嗣。

主人帶著僅有的士兵，在深夜悄悄出發。但是才一靠近曹操營寨，喊聲像潰堤一樣，衝了過來——原來曹操早就有了防備！衝出來的人馬，轉眼之間就把主人兵馬削去一大半。

緊要關頭，曹操的猛將夏侯惇從前面來攻，他的堂弟夏侯淵從後面包圍。

「快跑！」我在主人耳邊大喊，關鍵時刻保命要緊。主人衝出重重

包圍，往小沛奔去；我回頭一看，兵將只剩下三十多人。

就在小沛城近在眼前的時候，大家發現，小沛城失火了！在這進退兩難的時刻，曹操手下部將李典，又把剩下的人馬打散。

在不斷的奔逃之中，主人只剩自己一個了。月色下，我看見他的身影既疲倦又狼狽。

「主人，去找袁紹吧！他說，不如意的時候，可以去投靠他。」

主人嘆了一口氣：「幸運，也只能這樣了！」

主人往冀州路上縱馬而去。

過青州、到冀州，一路上要擔心後面有曹操追兵，又要擔心妻子安危。終於來到冀州，袁紹聽說主人來到，親自出城三十里來迎接。

我看見袁紹一臉抱歉的說：「昨天因為小兒生病，無法前去援救，

夏侯
小沛
劉

內心一直感到不安。」

「劉備很久以來，就想要投靠您，可惜一直沒有機緣。現在被曹操攻打，妻子、部屬全都淪陷，所以厚著臉皮來投靠您；還希望您肯收留，讓劉備有機會報答您的恩惠。」

有了袁紹可以依靠，主人接下來的工作，就是等待好時機，救出妻子，找回失散的兄弟。

註十一：臥藏在敵軍中，打探消息的人，類似現在的「間諜」。

10 情義相挺好兄弟

「幸運——」逃亡了一整夜，我睡得正熟，主人把我叫醒。

「主人，什麼事？」我揉了揉眼睛。

「幸運，我又把妻子弄丟了。」

「主人我知道，這不是第一次。」我想安慰主人，但是不知道該怎麼說。

「我平安了，但妻子們……還有我的弟兄，他們現在怎麼樣了，我完全不知道。」

我安慰主人：「吉人自有天相。曹操要殺的人是你，你自己要多加

留意才是。」

「但是，曹操也會殺我的家人、兄弟——幸運，你去看看，我的妻子和兄弟，看他們是不是都平安。」

當守護神，不容易啊！主人這麼說，我就連夜趕路，到下邳城去。我到的時候，關羽正在城外迎戰夏侯惇的五千士兵。我站在高處往下看，夏侯惇邊打邊退，好像在引誘關羽追逐他們一樣。

關羽追逐了二十里路，不知是否心裡掛念下邳城，不敢再往前。正想回頭，左邊是強將、右邊是猛軍，關羽退也不是、進也不得。

進退兩難之中，關羽回頭望了一眼下邳城，城裡火光沖天，下邳城失火了！

關羽想要衝回下邳城，都被曹兵阻擋了。山底下全都是曹操的兵馬，關羽無路可走，只能往小山上退去。

我立刻又往下邳城去，看看兩位夫人是不是平安。下邳城裡已不見兩位夫人蹤影，我又擔心又著急，不知道該往哪裡去，只好再往山上察看關羽的狀況。

曹操兵馬守在山下，關羽就待在小山上，一直熬到天亮。

我很想過去跟關羽說說話，給他打打氣；但是他根本看不到我、聽不到我，我只好靜靜的在樹上守著。

「雲長——」天一亮，就聽到遠處有人呼喊關羽。

關羽望了一眼聲音的來源，沒有興奮，只有滿臉疑惑：「張文遠？你來做什麼？」

張文遠一臉關心的樣子：「雲長，我只是想起我們過去的情誼，所

以特地來看看你，順便跟你報告一件事。」

關羽冷冷的說：「你是曹操的手下，有什麼事好跟我報告？」

張文遠表現得很誠懇：「劉玄德現在生死不明，張翼德也不知去向。昨天晚上曹操已經攻進下邳城，城裡的百姓完全沒有受到傷害，也派人保護劉玄德的妻子。我就是特地來告訴你這件事的。」

關羽眼裡沒有感激，只說：「別囉唆，快滾吧！去告訴曹操，關羽要下山去跟他拼個你死我活了！」

張文遠搖搖頭說：「雲長，如果你今天就這麼戰死了，就犯了三條罪狀。」

「三條罪狀？」

「沒有錯。當初你與劉玄德結拜，發誓要同生共死，現在你卻要去決一死戰，不是違背了當初的盟約嗎？這是第一條罪狀。

劉玄德的兩位夫人正需要你來保護，而你卻不在乎性命。你戰死了，誰來保護她們？這是你的第二條罪狀。

你一身好武藝又通曉文墨，應該為國、為民保護自己；但是現在卻任意犧牲生命，不保重自己。這是第三條罪。」

張文遠這麼一說，關羽覺得的確有道理，他像大夢初醒一樣：「那你說我該怎麼辦？」

「現在四周都是曹操的兵馬，如果不投降，只有死路一條。你何不先投降曹操，再慢慢打聽劉玄德的消息；這麼一來，可以保護兩位劉夫人的安全，又沒有背棄當初的誓約，更可以留著自己的生命報效國家。這豈不是三全其美？」

關羽握著青龍偃月刀，在微亮的晨光中，沉默了很久。最後他終於開口：「既然這樣，我也有三個條件，如果曹操答應，我就留著性命，不殺出這重重包圍。」

「大哥請說吧。」

「第一，我投降的對象是大漢皇帝，不是曹操。」

「沒有問題。」

「第二，請曹操把該給劉皇叔的俸祿，給兩位夫人，讓她們生活沒有問題。」

「這丞相一定做得到。」

「第三，一旦我知道劉皇叔的去向，我就可以自由的離開；不管千里萬里，我都能去跟他相會。」

「這個——」張文遠考慮了很久才說：「我不敢答應，要問過丞相才行。」

曹操雖然不想同意最後一個條件，但也沒有反對。

我守在關羽身邊一段時間，發現曹操對關羽非常好，不只空出房屋讓他住，還請皇帝封他為將軍。曹操對兩位夫人也很照顧，我就放心的回到主人身邊去。

主人看我回來，著急的問：「幸運，你可見到了我的兄弟？」

「主人，我看到了關羽和兩位夫人。」

我把看到的情形跟主人說了一遍。

「雲長真是真情真義的人啊！」主人聽到關羽為了夫人投降曹操，

心裡雖然難過，但是知道妻子們都平安，就放下心來。

「有一次，曹操看關羽的戰袍破舊，做了一件新的送給他。結果他把新戰袍穿在裡面，外面仍然穿著舊戰袍。」

「幸運，那件舊戰袍是我送他的。」

「曹操還送他一匹赤兔馬，關羽接下馬匹，立刻跟曹操拜謝。曹操覺得很驚訝，以前送他金帛美女，他從來不道謝；為什麼送他一匹好馬，他卻一再拜謝。」

「雲長怎麼說？」

「關羽告訴曹操，他知道那赤兔馬一天可以跑上幾千里。如果他知道主人的下落，他就能夠騎著赤兔馬，很快的飛奔相見，所以才一再拜謝。」

主人感動的說：「他真是我的好兄弟。」

主人又說：「幸運，袁紹看我每天煩憂，所以想要出兵攻打曹操。他昨天來問過我的意見。」

我問：「你怎麼說？」

「我說，曹操長期挾持天子，以皇帝的名義胡作非為，我覺得應該立刻去討伐他才對。」

「很好，這麼做就對了！」

我最擔心的就是主人的忍讓功夫太好，反而誤了他的帝王之路。

果然沒多久，袁紹就派手下大將顏良作先鋒，帶領十萬大軍去攻打曹操。

曹操得到消息，派遣十五萬兵馬而來。

強將顏良帶兵作戰，曹操的部隊根本不是對手，交戰三兩回合，曹操就損失兩名大將。

「顏良，好一個勇猛大將！」

主人和袁紹一起等著飛馬傳回作戰現場的消息。袁紹每聽一次，就心花怒放一次。但是最後傳回來的，竟然是一件讓大家錯愕的消息：

「主將顏良被殺。」

袁紹痛心的問：「顏良被什麼人殺了？」

「不清楚，只知道是一個紅臉將軍，一臉漂亮的鬍子，用的是一把大刀。」

袁紹部下沮受聽了，脫口便說：「關雲長！」

袁紹聽了非常氣憤，他問：「劉玄德，關雲長不就是你的拜把兄弟

嗎？是你要他這麼做的，對不對？」

袁紹說完，要人把主人推出去斬了。

主人聽了，告訴袁紹：「您只憑一句話，就認定是我的拜把兄弟，立刻要把我殺了。我們情誼，靠一句話就全部勾銷了嗎？」

袁紹聽了很慚愧，也覺得自己真是太魯莽了。他責備沮受：「你不該亂說話，害我差點錯殺劉玄德。」

一波才剛平定，另一波事件又起。這時一個激憤的聲音迸裂開來：「顏良跟我像兄弟一樣，我要為他報仇！」

是誰這麼激動？我和主人立刻回頭看，站出來的是一個又黑又壯，威風凜凜的將軍。

11 念念不忘手足情

這位要為顏良報仇的黑壯將軍是誰？

「這是河北名將，文醜。」主人低聲跟我說。

袁紹聽了文醜的話，撥給十萬大軍，讓文醜去為顏良報仇。

「我一起去！」主人也想去看看那個「大鬍子紅臉將軍」到底是什麼人。

文醜一臉不屑的說：「劉玄德常打敗仗，我不想跟他並肩作戰。」

袁紹幫主人說了幾句好話，文醜只好說：「主公如果執意讓他去，我寧可分給他三萬士兵，讓他當後軍，我當前軍。」

於是文醜帶著七萬兵馬在前，主人帶著三萬兵馬在後。我緊緊的抓著馬轡，跟隨主人出征。

當三萬後軍才靠近曹操的軍隊不久，打探敵情的士兵便來回報：

「文醜將軍陣亡！」

主人驚訝的問：「被什麼人殺害？」

回報的士兵說：「一個手上拿著大刀、留著一把鬍子的紅臉將軍，他一刀砍了文醜將軍。」

我向河的對岸張望，人馬穿梭之中，一面旌旗飄得猛烈。我用我的千里眼定睛一看，旗幟上面寫的是「漢壽亭侯關雲長」。

「是雲長——果然是二弟！」

就在主人想要去跟關羽見面、問個清楚時，曹操的兵馬又潮湧過來。主將已失，主人只好收兵回去。

一起作戰的將軍稟告袁紹：「主公，殺了文醜的，又是大鬍子紅臉將軍，劉將軍還裝作不知道他是誰。」

袁紹聽了，憤怒的瞪視主人：「你好大的膽子，我要殺了你！」

「將軍，如果您真的要殺了我，請讓我說完一句話再殺。」

「什麼話，快說！」

主人毫不驚慌的說：「曹操一直想殺了我。他一定知道我在您這兒，但是雲長不知道。曹操讓雲長殺了您的大將，您就會因為憤怒而把我殺了，這樣曹操就能借您的手殺了我。您殺了我，就正好達到他的目的了。」

袁紹聽了，又覺得慚愧，他說：「我差點又做出無法挽救的事。」

主人又說：「現在，我想要找一個可靠的人，拿著我親筆寫的信去見雲長，讓他知道我在您這兒；這麼一來，他一定會連夜趕來。那麼，我們兄弟兩個，就能一同為您效力，一起殺了那曹操，也替顏良、文醜報仇。」

「你說得對。何況，第一名將關羽，勝過十個顏良、文醜啊！」

主人馬上寫了一封信，袁紹派部下陳震，暗中送到曹操陣營裡給關羽。這種緊要的事，我怎麼會錯過？立刻跟著去。

我以迅雷不及掩耳的速度來到關羽的窗前。我看著窗子裡走來走去的關羽，他似乎心事重重。

就在這個時候，有人通報說有朋友來拜訪，關羽讓人請他進來。

關羽看著進來的人，說：「你是什麼人，我並不認識你啊！」

「我是袁紹的部下，姓陳名震。」

關羽聽了，大吃一驚，問：「你來這裡做什麼？」

「有人要我送一封信來。」

關羽又問：「什麼人？」

「你看了就知道。」

關羽打開信來看，我也迅速從敞開的門進到屋內，並跳上關羽的肩膀上一起讀信。裡面簡短的寫著：

「我們自從桃園三結義以來，發誓要同生同死。但是現在賢弟為了求取功名、謀求富貴，竟然殺了袁紹手下的兩位將軍。劉備願意成全你——我的這顆腦袋，就讓你來摘下，去換更多的富貴吧！」

關羽看得淚流滿面：「我如果知道大哥就在袁紹陣營裡，就不會殺了顏良和文醜啊！」

關羽跟陳震說：「我先寫一封信給大哥，告訴他兩位嫂嫂都平安。我隨後就帶她們去跟大哥會合。」

既然關羽要護送夫人回去，我當然要替主人做好保護家人的工作，跟著關羽一起走。

關羽寫了信交給陳震，便去丞相府跟曹操辭行，卻沒有見到曹操。第二天再去，曹操依然不在，關羽只好寫一封信跟曹操說明原因。寫完信後，關羽把曹操送給他的金銀財寶，都放進箱子裡，再貼上封條；而他的「漢壽亭侯」大印，則掛在廳堂上，他什麼都不帶走。一切都整理好了。關羽騎著赤兔馬，手上拿著青龍偃月刀，帶著原本就跟隨他的人還有兩位嫂嫂，朝著北門而去，離開照顧他好一陣子的曹操。

我隨著關羽，一路往河北而去。如果不是護送兩位夫人，車陣速度比較慢，否則關羽一定騎著赤兔馬，一天一夜就趕到主人面前。

12 久別重逢親友團

在重逢的路上，關羽馬不停蹄；因為沒有曹操的通關公文，結果每一個關口都遇到阻擋。

為了要快一點跟主人見面，關羽只好用武力強行通過，所以一路上，殺了不少城門守將。

這一天，一行人來到滎陽。滎陽太守王植知道是關羽，親自熱情的招待大家，張羅好住的地方，讓人吃飽、讓馬有糧草。

但是我看那王植，雖然熱情，他的眼神卻不太對勁，經常小聲的跟他的部下講話，我要小心留意才行。

半夜裡，兩位夫人和隨行的人都睡著了，只剩下關羽的小房間，油燈還亮著。我悄悄的靠近，看看關羽在做什麼。

這時，一個年輕將官也輕手輕腳走到關羽窗前。關羽那時一手順著鬍鬚，一手拿書，靠著小桌子在燈下看《春秋》。

那個將官忍不住，脫口便說：「真是神仙啊！」

關羽聽到聲音，大聲的喝問：「什麼人？」

「我是滎陽太守王植的副手，我叫胡班。」

關羽聽到這個名字很驚訝。來到滎陽的路上，有一位名叫胡華的老先生，曾經托他帶書信給名叫胡班的兒子。於是他問：

「胡班？難道你就是胡華的兒子？」

「正是。」胡班也是一臉驚訝。

關羽立刻拿出胡華的信，交給他。胡班看完父親的信，心裡很激動：「我差點就殺了一個忠良的人。」

於是他把太守要他放火燒了關羽一行人的事，給說了出來。

「太守知道您一路殺人，想把您燒了，立一件大功。」

原來太守王植心裡打著這個算盤，難怪他的眼神特別閃爍。

關羽聽了，立刻帶著人馬，連夜離開滎陽。

關羽騎著赤兔飛馬，每天只走幾十里的路，這麼慢速度的趕路方法我可受不了。這時一行人來到一座山城，我打算等他們安頓好就離開。

關羽跟當地的人打聽，這是什麼地方。

「這城就叫『古城』。」

關羽又問：「附近有什麼地方可以住的嗎？」

那個當地人說：「幾個月前，有一位將軍，帶領幾十個手下來到這裡，把本地縣官趕了出去。他們占據古城，招兵買馬，現在大概聚集了四、五千人，沒有人敢跟他為敵。你們這麼多人要住，恐怕也沒有地方可住了。」

「那將軍叫什麼名字？」關羽問。

「我也不清楚，只知道他拿著一柄丈八蛇矛。」

「是翼德！原來翼德在這裡。」關羽連忙前往古城，請人通報要見張飛。

張飛出來相見，關羽遠遠見了張飛，又驚又喜，立刻向他飛奔。

但是，等一等，張飛緊抓著丈八蛇矛，怒氣沖沖連鬍鬚都豎了起

來。關羽還沒開口，他劈頭就問：「你還有臉來見我？」

「賢弟，你怎麼了？」

張飛睜著一雙滾圓大眼，氣憤的說：「我不是你兄弟！你背棄兄長、投降曹操、封侯賜爵、享受榮華富貴，竟然還有臉來見我。我今天非要把你殺了不可！」

關羽急著要解釋，一時又解釋不清楚，最後搬出兩位夫人，他說：「兩位嫂嫂在這裡，你去問她們，看我是不是像你講的這樣。」

兩位夫人好言勸撫張飛，都說關羽投降是出於無奈。張飛還是不聽，最後兩位夫人從頭講起，講完她們所經歷的事，張飛才放聲大哭，重新參見關羽。

關羽和張飛都聚在一起了。我實在受不了他們這種龜速前進的方式，連夜回到主人身邊，告訴主人大家都平安。

主人的一顆心，終於放下來了。

「真是太好了，我的妻子、兄弟都平安了！幸運，謝謝你，這一定是你帶給我的好運。」

13 霹靂神駒「的盧」

袁紹正跟曹操在官渡大戰，將多兵強的袁紹像頭敏捷的黑豹，打得曹操灰頭土臉、東奔西竄。主人覺得這是離開袁紹的時機，於是他辭別了袁紹，說是要去荊州找劉表。

荊州是天下第二大州。荊州牧劉表知道主人到來，親自出城迎接，並且把新野這個地方交給主人管理。

主人來到荊州後，劉表對主人非常好，有事找他商量，沒事找他聊天。這一天，兩個人正坐著喝茶聊天，有人進來傳報，說張武、陳孫在江夏造反。

劉表搖搖頭說：「這兩個真是禍害啊！」

主人站起來就說：「何不讓我去收拾了這兩個人！」

劉表一聽，立刻點頭答應，一口氣就給主人三萬兵馬，讓主人去解決這場紛爭。

我在主人身邊，看主人三兄弟應戰。主人的劍法已經愈來愈純熟，關羽更不必說，刀法凌厲、揮灑自如。也就是在這個時候，我看見張武騎乘的那匹馬，雖然看起來很普通，但是牠的毛色、精神都很好，看得出是一匹良馬；最特別的是牠的眼神，好像能通人性一樣。

「主人，張武騎的那匹是好馬，你可以奪下牠。」

張武一槍刺來，我緊握馬轡閃躲而過，主人用雌雄劍來擋；張武步步逼近，一心要取主人的性命。就在這個時候，趙雲挺槍而出，張武反倒被趙雲一槍刺中倒下。

另一邊陳孫看見張武倒下，立刻過來又戰；張飛大喝一聲趕來，又是一槍刺中。其餘同黨看了，立刻散開，再也不敢來戰。

這一戰輕輕鬆鬆平復了江夏，主人騎著張武的馬匹回來。劉表又親自到城外迎接，他握著主人的手說：「我有了賢弟，就有了依靠。」

主人謙虛的一直說：「不敢、不敢，一切都是託大哥的福。」

第二天，劉表細看主人騎回來的馬，眼裡流露出欣賞的光采。「這匹馬雖然並不高大，但毛色、姿態、神采都漂亮極了。你從哪兒弄來的？」

主人大方的說：「這是張武的馬，大哥喜歡，就送給大哥吧。」

於是這匹馬就送給劉表了。沒想到，隔了幾天，劉表竟又把馬送回來。

劉表說：「我一個朋友看了這匹馬，說牠的眼睛下方有淚槽，額頭旁邊有白點，這就是凶馬『的盧』，騎了對主人不好。牠原來的主人張武不是就陣亡了？我把牠還給你，我看，賢弟啊，你也別騎這匹馬了吧。」

主人每天還是騎著「的盧」出門，一點也不在乎牠是凶馬。有一天，我和主人在街上閒遊，劉表的師爺伊籍看到主人騎著馬，便攔下了主人。

「玄德，這馬不是對主人不好嗎？你怎麼還騎著牠四處跑？」

「多謝師爺提醒。劉備覺得死生有命，怎麼會是受到馬的影響呢？」

伊籍聽了，說：「玄德有自己的想法，令人欽佩。」

從這個時候開始，伊籍就常常來找主人，和主人成了好朋友。

後來，荊州牧劉表年紀漸漸大了，為了要讓誰繼承他的職位，傷透了腦筋。他跟主人說：「有一件事，困擾我很久了，我想聽一聽玄德的意見。」

「大哥請說。」

「我前妻所生的大兒子劉琦個性柔懦，無法成就大事；我想要改立後妻蔡氏所生的小兒子劉琮，你覺得這樣好不好？」

主人喝了一口茶，他說：「大哥既然這麼想了，為什麼還要問我的意見？」

這時，我在屋子裡四處走走看看，我看見劉表的後妻就躲在屏風旁邊，她在偷聽主人和劉表談話。

劉表為難的說：「我怕這麼做，不合禮法。但是如果讓大兒子劉琦接管，現在的軍機要務，又都掌握在後妻蔡氏家族手裡，我恐怕以後會生亂事。」

主人想了很久，又喝了一口茶才說：「自古以來，『廢長子、立少子』是家族的亂源。如果害怕蔡家的人掌握重權，對長子不利，大哥可以現在開始，慢慢削去他們的權限。我覺得，絕對不能立少子。」

躲在屏風後的蔡夫人聽到這些話，一臉怒氣的瞪著主人。

我提醒主人：「主人，你和劉表談的話，蔡夫人躲在屏風後面都聽到了。我看，她一定會想辦法對你不利。」

果然，隔了幾天，師爺伊籍匆匆忙忙來找主人：「玄德、玄德，蔡夫人昨天怒氣沖沖找來她的弟弟蔡瑁，要他想辦法除掉你哪！」

伊籍說：「現在情況怎麼樣了？」

伊籍說：「我看，趁現在還能走，玄德你快離開吧！」

「看來也只能這樣了。」

伊籍又說：「城門外，東、南、北三個門都有軍馬把守，玄德，現在只剩西門可以出去。」

我立刻跳上主人的肩膀，主人也跳上「的盧」背上，匆忙往西門奔馳而去。

我站在主人背後的衣領裡，探出頭來往後看。才出西門沒多遠，就看到蔡瑁帶著五百士兵追了過來。

我急忙往前，對著的盧大喊：「快啊！的盧，今天就靠你啦！」

這真是一匹千里名馬，正使盡全力往前衝。沒有多久，就把蔡瑁追兵拋得遠遠的。

「劉表的地盤上，蔡家的人是惹不起的；打贏不行，打輸了也不行，我們只有逃命的分！」

「幸運，你說的沒錯，但是，我們好像沒有路了……」

我就站在的盧的脖背上，主人穿著鎧甲坐在我後方——寬闊的檀溪橫在眼前，我們已經沒有去路，再不想點辦法，追兵就要跟上了。

這時候，的盧的腳步非但沒有慢下來，反而還加快速度，直直往河中央衝去。

要命的這一刻，我順著的盧的節奏跳上馬頭，揪著的盧的耳朵，附

在牠耳邊說：「的盧，衝啊！衝啊！伸展身體，別急著踏下，我會暗中撐住你！」

的盧往滾滾檀溪衝去，瞬間，的盧奔騰起來。

「打直、打直，再撐著！今天你就能洗刷『凶馬』的惡名了。」

的盧這一跳，至少也有三丈遠，簡直就跟飛馬一樣！牠成功越過檀溪了！

「的盧，做得好！」

主人完全不敢相信眼前看到的景物——我們已經抵達西岸了！

想必蔡瑁在東岸一定氣得直跳腳，他一定無法相信這是真的。

「幸運，我們是怎麼辦到的啊？——的盧，真是神駒！」

直到夕陽就要沒入地平線了，我和主人才從千軍萬馬的追逐中，鎮

這馬居然一躍過溪，
真是太神奇了……

定下來。

往前走著，來到一片竹林。一個牧童跨在牛背上，吹著短笛緩緩從竹林裡走出來。

我和主人在馬背上，看著小牧童從眼前走過。主人羨慕的嘆了一口氣：「不如啊不如，我不如這小牧童啊！」

小牧童回過頭，放下口邊的短笛，天真的問：「將軍，您就是破了黃巾賊的劉玄德嗎？」

主人驚訝的問：「小牧童，你怎麼知道我是誰？」

小牧童說：「我常聽我師父說，有一位劉玄德，身長七尺五寸，手放下來的時候，超過膝蓋；耳朵大到自己都能看得見。師父說，這個人才是真正的英雄。我看見將軍就是這模樣，所以我猜你是劉玄德。」

主人笑了起來，他問：「你師父是誰？」

牧童說：「我師父複姓司馬名徽，字德操，道號水鏡先生。」

主人想不起來這是誰，又問：「你師父有哪些朋友？」

「我師父與龐德公和龐統是好朋友。」

主人也不認識這兩個人，又問：「龐德公和龐統是什麼關係？」

「龐德公是龐統的叔叔。」

「你師父在什麼地方？」

「就住在前面。出了林子的那戶莊院，門口種了一片桑樹，樹下擺了幾張椅子，就是我師父住的地方。」

主人就跟著小牧童，一起去見水鏡先生。

那水鏡先生年紀比主人大一些，頭上盤著青絲巾，一身淡藍瀟灑的

衣衫，看起來優游自在的樣子。

水鏡先生見到主人，很開心卻一點也不驚訝，好像正在等著主人來找他一樣。

他一開口，就像跟主人很熟悉：「將軍哪，我們附近流傳的一首歌謠裡，有一句『泥中蟠龍向天飛』，這『泥中蟠龍』指的，就是將軍您啊！」

主人笑著回答：「劉備怎麼敢當？」

「劉將軍啊，您也是不平凡的人。天下奇才都在這附近，您應該去拜訪他們才對。」

「奇才？」

「沒有錯，伏龍先生、鳳雛先生，只要得到其中一位的幫助，就能取得天下、安定天下了。」

「取得天下？劉備沒有這個野心，只希望我大漢王朝安定、百姓安康就好。」

水鏡先生聽了，摸著鬍子點點頭。

主人又問：「剛才您說的『伏龍』、『鳳雛』是什麼人？他們住在什麼地方？」

「一切說來話長啊。天色晚了，將軍就在這裡住下來，明天我們再慢慢聊吧。」

水鏡先生要小牧童送來飯菜，主人吃過晚飯，就去休息了。

臨睡前，主人還在想水鏡先生的話：「幸運，你覺得那水鏡先生講的，是不是真的？」

「當然是真的，尤其是那一句『泥中蟠龍向天飛』。主人，你還記得你小時候說過的話嗎？」

主人問：「我說了什麼話？」

「你曾經指著村子裡的那棵大桑樹，說『以後我當天子，也要乘坐有這種華蓋的車子』。」

主人哈哈大笑說：「幸運，你怎麼會記得這些？那是小孩子胡亂開口講的。現在的我，只覺得比那小牧童還不如啊！」

第二天，主人早起正要請教水鏡先生，那「伏龍」、「鳳雛」是什麼人，就聽到外面大隊人馬奔馳而來的聲音。

接著，我聽到小牧童匆匆忙忙的進來，他稟告水鏡先生：「師父，師父，有一位將軍，帶著好幾百人，向著我們的莊院來了。」

主人和水鏡先生一起出去看，原來是趙雲在尋找主人。

趙雲見到主人，又驚又喜：「趙雲回到新野，見不到主公，所以急著出來找，一路問到這裡。主公，我們快回去吧，免得有人作亂。」

主人只好向水鏡先生告辭，返回新野。一路上，主人對趙雲講起的盧越過檀溪的奇蹟，趙雲不敢相信，這匹馬兒竟然如此不可思議。

走過竹林的時候，主人想起遇到小牧童的情景，他小聲的對我說：

「如果真的能當一個牧童，那該有多快樂啊！」

14 親朋好友都按讚

自從主人來到新野之後，把新野這個地方管理得很好，百姓非常開心，非常喜歡現在的生活。建安十二年春天，主人四十七歲，甘夫人終於為他生下了一個寶寶。

甘夫人懷孕之前，曾經夢見北斗星投入懷中，所以新的小主人，乳名就叫「阿斗」。

我清楚的記得那天，半夜裡一隻白鶴在縣衙的屋頂上大叫。我覺得這聲音很不尋常，追到屋子外去看。白鶴大叫了四十多聲之後，在屋頂上繞了好幾圈，就往西邊的天空飛去。

這是一隻送子鳥，我猜想是新的小主人要誕生了。回到屋子裡，整個屋子充滿了香氣，接著就聽到嬰兒啼哭的聲音，主人的小寶寶誕生了！

這情景讓我想起四十七年前，主人誕生的時候。我離開天庭一轉眼也過了四十七年！經過這麼長的時間，我的任務還是沒有達成。不過主人終於有孩子了，這是件天大的喜事。

主人後來為阿斗取名為「劉禪」。小傢伙能吃能睡，見人就笑，可愛極了。我也要升格當守護神爺爺了！

在新野過了幾年悠閒的生活，關羽、張飛也都是在這個時候有了子嗣。

有一天主人和劉表一起喝茶，主人上完廁所回來，嘆了一口氣。

劉表問：「為什麼嘆氣？」

主人說：「你看看我，很久沒有打仗，大腿都生出肉來了。」

喝茶聊天，偶爾逛逛市集——在新野的日子，是主人最閒適的一段時光，所以不知不覺之中，主人變胖了。

我也開始為主人擔心，如果再繼續這樣下去，那我的任務可就無法達成了！得好好想想辦法才行。

有一天，機會來了。我跟著主人在市集閒晃，聽到有人在街上狂歌。

「朝代就要改換了啊——漢朝就要滅亡嘍——」

這個人頭上裹著布巾，身上穿著灰色布袍，腰上繫著黑色衣帶，手裡拿著一把羽毛扇；風把他身上的衣帶，吹得輕輕飄動起來。

這個人一邊走，一邊大聲的唱著：「山谷之中有賢能的人啊，想要投靠有智慧的主人！有智慧的主人在找尋賢能的人，可惜的是，他不知道我啊！」

主人眼睛立刻亮了起來：「幸運，難道這就是『伏龍』、『鳳雛』？」

主人上前跟這個人打招呼，並且邀請他到縣衙裡聊一聊。兩個人從早上聊到中午，一起吃過飯，又繼續聊。什麼話題都能談，但都是怎麼保家衛國，怎麼才能讓皇帝擁有真正的權力。主人高興之餘，就請他擔任軍師——這個人就是徐庶。

徐庶聰明又有眼光，是個一流的軍師。我以為他可以一直留在主人身邊，但事情沒有我想的那麼簡單。

有一天，徐庶為難的來見主人，他說：「主公，曹操派人送來一封我母親寫的信。」

「你母親怎麼說？」

徐庶說：「信上說，她原本被曹操接到許都照顧，後來知道我投靠主公您，就被曹操關進監牢。母親希望我能去投靠曹操，救她出來。」

主人聽了，告訴徐庶：「元直不必顧慮我，先去救老夫人吧。如果有機會再見，我再向您請教。」

主人一向善良，他這麼說不意外，但我卻總是覺得這是曹操的詭計，也許曹操不希望主人擁有一流的人才，才會用計來搶走徐庶。

主人送徐庶出城，來到長亭下。離去之前，徐庶依然放不下心，他向主人推薦另一個人：「主公，襄陽城外二十里的隆中，有一位曠世奇才，您一定要去請他來幫助您。」

主人拉著馬，和徐庶邊走邊聊。我獨自騎在「的盧」身上，欣賞沿途蕭瑟的景象。

「元直，你能幫我邀請這個人嗎？請他來跟我見面。」

徐庶笑著搖搖頭：「這個人哪，只有靠您去求他來，沒有人有辦法請得動他。」

主人一臉懷疑：「他的才能跟你比起來怎麼樣？」

「呵呵呵，我跟他比，就像驢馬和麒麟比珍貴，就像烏鴉和鳳凰比外表，真是天差地遠啊！但是主公，這個人值得您去求他。」

「這個人叫什麼名字？」

「他是瑯琊郡陽都人，複姓『諸葛』，單名一個『亮』字，字『孔

明』。他住的地方，有一個山岡叫『臥龍岡』，所以給自己取了『臥龍先生』這個名號。他真是一位罕見的人才，主公一定要親自去見他；如果他願意輔佐您，天下就是您的了。」

兩人又來到另一座長亭，主人又問徐庶：「水鏡先生曾經提過的『伏龍』、『鳳雛』，那『伏龍』就是這個人嗎？」

「沒有錯，『伏龍』就是諸葛亮，『鳳雛』就是襄陽的龐統。」

這個「諸葛亮」真的有辦法幫主人得到天下？難道他就是玉皇安排、幫助我達成任務的人？他真的有這麼大的能耐嗎？

送走徐庶，回來之後，主人準備了見面禮，就要親自去拜訪那臥龍岡上的諸葛亮。就在這個時候，水鏡先生來見主人。

「水鏡先生，您來得正好，我正想去拜訪臥龍先生呢！」

「什麼人跟你推薦諸葛亮的？」

「徐元直。」

水鏡先生露出欣賞的眼神對主人說：「諸葛亮有四個好朋友，崔州平、石廣元、孟公威，還有徐元直。這四個孩子啊，讀書一定要讀透了，才肯罷休。只有孔明不一樣。孔明讀個大概就把書放下，自己躺著想，天下大事全在他腦子裡分析過了，所以他很有自己的想法。這個年輕人常常把自己比做管仲、樂毅；他的才能啊，沒有辦法衡量。」

關羽在旁聽了，很不是滋味，他說：「水鏡先生，那管仲、樂毅，是春秋、戰國時代的賢臣明相，傑出的表現直到現在還受到大家的推崇。孔明把自己比做這兩位，會不會太過分了？」

只見水鏡先生笑著搖搖手說：「我的看法是，他的確不應該把自己比做這兩位，他應該把自己比做另外兩位……」

關羽問：「哪兩位？」

水鏡先生嚴肅的說：「一位是讓周朝興盛八百年的姜子牙，另一位是讓大漢稱霸四百年的張良。」

水鏡先生一說完，每個人——包括我這隻幸運龍在內——都睜著滾圓大眼看著水鏡先生，完全無法相信這個孔明這麼有才能。

「真的有這麼好？」看到主人滿臉興味，關羽雖然隨即裝作一副淡定的樣子，但我想他心裡一定若有所失。

水鏡先生自信的說：「他比我講的還要好。」

主人脫口便說：「那我們還等什麼？」

主人再也忍耐不住了，立刻出門拜訪這位深山裡傳說中的奇才。

15 謙虛才是王道

主人帶著禮物，帶著關羽、張飛兄弟，騎著馬兒，一步一步來到隆中山。我看得出主人矛盾的心情：他怕騎得快了，兩兄弟不高興；也怕騎得慢了，錯過了時機。所以只好一步步順著兩兄弟的節奏盡可能快走。

我躺在的盧的頸背上，一路風景幽美，令人心曠神怡；山坡上幾個農人在田裡工作，旁若無人的大聲歌唱，歌聲樸質無華。可是我也看得出來，主人沒有心情欣賞。

「老人家，請問這附近有位臥龍先生，你知道他住在什麼地方嗎？」

主人大聲向一位老農夫問路。

「喔，就住這隆中山南邊的臥龍岡上。前面的林子裡，有一座茅草搭成的屋子，那就是臥龍先生住的地方。」

主人道了謝，又繼續往前走。幾里路之後，看見了臥龍岡；主人來到莊院前面，他親自下馬敲門。

等了好一會兒，一個童子出來問：「你是什麼人？有什麼事嗎？」

主人彎著腰跟小童子說：「我是漢左將軍、宜城亭侯領豫州牧、皇叔劉備——親自來拜訪諸葛先生。」

「這個名字太長了，我記不起來！」童子毫不留情的回答。

主人立刻笑著說：「你說『劉備來拜訪』，這樣就行了。」

童子回答：「先生今天出門去了。」

「他去哪裡？」

小童子看著主人，說：「蹤跡不定，不知道他去哪裡。」

「那麼，他什麼時候回來？」

「這也很難說，也許三、五天，也許十多天。」

張飛在一旁很不耐煩，他說：「既然不在，我們回去吧。」

主人不肯就這麼回去：「我看，還是再等一等吧。」

關羽不想等，他說：「大哥，我們先回去吧，再讓人來打聽消息。」

主人無奈，只好跟童子告別，往回程走。

在回程的路上，遠遠看見山道上有人走了過來。「主人你看，前面有個人，戴著黑色頭巾、穿著黑色布袍，拄著枴杖沿山路走了過來。」

主人立刻有了精神：「一定就是臥龍先生！」

主人快馬飛奔到那人面前，拱手問：「請問，是臥龍先生嗎？」

那人看了看主人，問：「你是什麼人？」

「在下劉備。」

那個人說：「我不是孔明，我是崔州平。您找孔明有事嗎？」

主人說：「現在天下大亂，我想見孔明，尋求定國安邦的方法。」

崔州平說：「自古以來都一樣啦！有一治就有一亂，您不要擔心。」

主人說：「百姓不安、國家動蕩，劉備相信諸葛先生一定有妙方，可以平息禍亂、穩定江山。」

崔州平搖搖頭不相信，他說：「劉皇叔，你看，從高祖斬蛇起義，滅了秦朝，進入安定的時代，足足兩百年。安定的時間久了，王莽篡逆，又進入動亂的時代。後來光武中興，重新整治，又由動亂進入兩百年的安定。現在安定久了，進入動亂的時代是正常的。您想請孔明將亂世轉為太平，恐怕不是他能辦到的。」

我聽他這口氣，好像是在試探主人的誠意，看看主人是不是真心想求助孔明。

主人誠心的說：「您說的沒有錯，但劉備是漢皇後代，就應該扶助大漢，讓人民安居樂業，怎麼能把責任推給天數呢？」

崔州平笑著說：「呵呵呵，我只是隨口說說，您不要在意。」

主人回到主題，他問：「那麼，您知道孔明在什麼地方嗎？」

「我也正想去找他呢，不知道他到哪裡去了。」

兩個人就站著又談起天下大事，好久之後，才互相道別。

張飛忍耐了好久，臉色很不好看，沿途不斷發牢騷：「沒見到要見的人，又跟一個書呆子講這麼久的話。」

過了幾天，主人派人去打聽，知道孔明已經回來，立刻要人把馬準備好。

張飛還是很不高興：「只不過是一個鄉下人，何必大哥親自去？派一個人去叫他來不就行了。」

主人聽了臉色一正，他說：「你沒有讀過孟子所說：『想要見賢能的人，卻用錯方法，就像是請人到你家來，卻把門關著一樣。』孔明就是賢能的人，怎麼可以說『去叫他來』呢？」

於是三個人再次出發，去拜訪孔明。

那是嚴寒的冬天，風雪像利劍一樣畫過，我只能縮在主人的衣襟裡。張飛看著滿天大雪說：「大哥，天寒地凍的，我們何必冒著風雪，去見那沒有幫助的人？還是回去吧！」

主人說：「如果你怕冷，你先回去吧。」

張飛一聽，哪裡承受得了？他說：「死都不怕了，怎麼會怕冷？我只是覺得大哥在白費心力。」

主人說：「不去試試怎麼知道？別多說了，走吧！」

就在接近茅廬的地方，路邊一家酒館裡傳來高歌的聲音。我離開主人溫暖的衣襟，好奇的靠近窗戶往裡看。酒館裡只有兩個客人，他們一邊喝酒、一邊敲著桌子唱歌，唱完之後，還自己拍手叫好。

主人被歌詞的內容吸引，下馬走進酒館，向兩人打招呼，然後問：「請問兩位之中，哪一位是臥龍先生？」

其中一個回答：「你是什麼人？找臥龍有什麼事？」

「在下劉備，想請臥龍先生教我，如何讓國家安定、人民安居。」

鬍鬚比較長的那一位說：「我是石廣元，他是孟公威，我們都是臥龍先生的好朋友。」

「那真是太好了。劉備久仰兩位大名，能不能邀請兩位一同去找孔明，在臥龍岡上，我們聊一聊？」

孟公威說：「我們都是山野中的閒人，什麼事也不懂，您還是自己去請教他吧。」

主人向兩人告辭，我們一行人又往臥龍岡上走去。

來到孔明住的草廬前，主人同樣親自去敲門，應門童子同樣出來招呼。

「有什麼事嗎？」

「是，我想請問，諸葛先生今天在嗎？」

「在，他正在堂內讀書呢！」

主人開心得不得了，跟著童子一起進去。

進到堂上，一位少年正在吟誦詩歌。

「……樂躬耕於隴畝兮，吾愛吾廬。聊寄傲於琴書兮，以待天時！」

主人等他告一段落，才上前行禮，說：「劉備仰慕先生很久了，一直沒有機會前來拜見。前幾天找過先生一次，沒能見到您，實在可惜。今天特地冒著風雪而來，能跟先生見上一面，真是萬幸、萬幸。」

那少年放下書本，看著主人，連忙回禮：「是劉將軍嗎？您要找的，大概是我二哥諸葛亮吧？」

主人問：「您不是臥龍先生？」

「我是諸葛亮的弟弟，我叫諸葛均。我們家兄弟三人，大哥諸葛瑾，現在在江東孫權那兒當師爺；諸葛亮是我二哥，我是老三。」

「那麼，臥龍先生今天在家嗎？」

那少年回答：「二哥昨天晚上被崔州平約出去閒遊了。」

「到哪裡閒遊？」

「不一定。有時候駕著小船去賞湖面風光；有時候上山去拜訪山中道士；有時候也在村子裡找朋友聊天，或者和朋友在林間、洞中彈琴下棋，誰也不知道他會去哪裡。」

主人心裡有點失落，還是打起精神說：「唉，劉備真是福薄緣淺，這回還是沒能見到臥龍先生。」

張飛又耐不住性子，說：「他不在，我們早點回去吧。」

主人對諸葛均說：「幾天以後，我會再來，就讓我留一封信給臥龍先生吧。」

諸葛均拿出筆墨，主人用嘴裡的暖氣，呵開凍結的筆，寫了一封信交給諸葛均；又一再道謝，才走了出去。

正走到草廬外面，就聽見諸葛家的童子望著遠方開心的叫：「老先生，你來啦！」

來的人頭上戴著一頂保暖皮帽，一身狐裘，腰上掛著一個葫蘆，裝的大概是酒。他騎著驢子，後面還跟著一個小童，在雪地裡緩緩移動。

「是臥龍先生？」主人立刻下馬，向那位先生施了禮：「劉備在這裡等候先生好久了。」

那騎在驢子上的人聽了，也下驢回禮。諸葛均看了，覺得很好笑。他說：「這也不是我二哥，他是二哥的岳父黃承彥。」

主人雖然再一次失望，但仍不放棄希望，問：「先生在來的路上，是不是看見了臥龍先生？」

老先生說：「那倒沒有。我也是來這裡找他聊天的。」

三個人只好又頂著漫天風雪回去了。

我在主人的衣襟裡，想著這一切究竟是湊巧？還是刻意安排？主人要什麼時候才能見到這位臥龍先生？

主人的心意一點都沒有減低，還是一樣渴望見到孔明。

16 隆中對如魚得水

為了不再撲個空，為了不再讓兩位兄弟白跑一趟，主人找卜卦的人算出一個包準能見到孔明的好日子。

出發前，主人特地齋戒了三天；出發那天又把身體洗乾淨、換上薰香過的衣服，才出發前往隆中山的臥龍岡。

早春的天氣，還透著寒意。我看見主人春風滿面，但是關羽和張飛兩個人卻是一臉寒氣。

關羽說：「大哥，我們兩次去看他，對他已經太過好了。那個諸葛亮一定是虛有其名，所以才躲著不敢見您。如果再見不到，我們就別再

去了吧。」

張飛也說：「大哥，一個山林野人，不須大哥親自出馬；如果他不肯來，讓我用繩子把他綁來見大哥。」

話說著說著，就在草廬附近，遇到諸葛均。

主人上前詢問：「令兄今天在家嗎？」

諸葛均開心的說：「昨天晚上才回來，將軍您今天一定見得到他。」

看來卜卦的人厲害，算出來的日子，果真靈驗。到了茅廬前，主人又親自下馬來敲門，應門的仍然是那個童子。

主人客氣的說：「有勞仙童轉報，劉備專程拜見臥龍先生。」

小童子說：「先生今天在家，但是還沒睡醒呢！」

「既然這樣，先別通報，我等他醒。」

主人輕手輕腳的走進草堂裡面，站在廳堂內，靜靜的等待。雖然太陽早已爬上山岡，那孔明卻睡得坦胸露腹、呼聲大作，完全不知道有人正等著他。

草堂外頭，關羽和張飛等得幾乎要火燒茅廬了，卻又不敢發作，隱忍了下來。

一個時辰過去，我在茅廬裡裡外外、來來回回的走了很多趟，孔明才從沉睡中慢慢醒來。我看他伸了一個好大的懶腰，然後隨意的問：

「有什麼客人來過嗎？」

童子立刻回答：「有，劉皇叔就站在這裡，等著先生醒來呢！」

孔明翻了個身，站起來說：「哎呀，你怎麼不叫我起來呢？讓我去換件衣服再來。」

又過了好久，孔明才穿戴整齊，出來跟主人見面。

孔明再次出現，就吸引住所有人的目光。我看他大概二十多歲，足足有八尺高；頭上盤著青絲巾，身上披著一件鶴羽做成的外衣，淡泊輕飄、年輕瀟灑。他的氣度，的確跟一般人不同。

主人一見到孔明，立刻上前行禮：「久仰先生大名，劉備兩次來訪，都無緣相見。今日有幸，終於見到先生尊容。」

孔明笑著說：「我不過是一個南陽鄉下的野人，疏懶成性，多次承蒙將軍來訪，諸葛亮覺得非常愧疚。」

一番問候之後，主人直接進入正題：「現在天下動蕩不安，劉備想讓國家安定，讓人民安居樂業，特地來求見，請臥龍先生指點劉備救國方法。」

孔明要童子拿出一張地圖，打算跟主人好好的分析天下狀況。我也坐在主人身邊靜靜聆聽，看這名隆中山裡的年輕人，到底會提出什麼樣的對策。

「曹操能在官渡打贏兵多將勇的袁紹，靠的除了是計謀，還有時機；現在他挾持皇帝，用皇帝的名義發號施令，鋒芒愈來愈盛，將軍先別去跟他爭。」

主人聽了點點頭。

孔明指著地圖的東方說：「孫權家族擁有江東，已經三代了，人民都很擁護他，所以將軍也別去搶這個地盤。」

這個年輕人很有概念，分析得很有道理，主人還是點點頭。

接著，孔明在地圖上指著荊州的位置：「劉皇叔，您可以先取下荊

長得帥又不一定有實力……

州當做根據地，再取益州建立基礎；這麼一來，您和曹操、孫權就能成為鼎立的局面，才有機會問鼎中原。您想要讓國家安定、人民安樂的目的，慢慢就能達成。」

但是主人那善良個性，又冒出頭來困擾他自己：「可是那荊州是劉表的，益州是劉璋的，他們都是漢室宗親，劉備怎麼忍心去奪取呢？」

孔明早就準備好這個問題的答案，他說：「我觀察過天象，劉表已經不久人世，劉璋也不是創業的人才；日子一久，這兩個地方還是會歸將軍所有。」

主人鬆了一口氣說：「如果真是這樣，希望臥龍先生不嫌棄，能夠下山幫助劉備。」

「我在山上住慣了，還是在這裡種田比較自在。將軍的要求，非常

抱歉，恐怕無法做到。」

經過主人再三懇求、游說，甚至還流下憂國憂民的眼淚，孔明才被主人的誠意打動，終於答應了。

「既然將軍不嫌棄，就讓諸葛亮為您效力吧。」

當晚我們一行人留宿孔明的草廬，隔天孔明就跟著主人一起回到新野。主人待孔明就像對待老師一樣，同桌吃飯，同榻而眠，惹得關羽、張飛更加不高興。

關羽說：「大哥對這個年輕人，會不會太好了？誰知道他是不是真的有才學。」

主人說：「你們兩個不了解，我得到孔明，就像魚得到水一樣自在。以後別再這麼說了！」

兩兄弟碰了一鼻子灰，只好敗興離開。但是我看得出來，他們心裡還是很不滿。

17 逃難粉絲團

建安十三年夏天，主人四十八歲。曹操帶領軍隊南下，他要占領荊州。就在這時候，荊州牧劉表病逝，接續他職位的，正是蔡夫人所生的兒子劉琮。

劉琮接下荊州牧沒有多久，就投降了曹操；他自己投降了不說，還來勸主人一起投降。我知道，主人絕不可能降服於曹操的。

眼看曹操兵馬步步逼近，孔明建議主人：「主公，我們在新野待不下去了，不如趁早離開，到樊城去吧。」

孔明因為博望坡一戰，以幾千士兵對抗曹操部下夏侯惇的十萬大

軍，獲得勝利，才讓關羽和張飛對他心服口服。

現在，主人決定聽從孔明的建議，離開新野。離開之前，派人四處貼出公告，上面寫著：百姓如果願意到樊城避難的，可以一起離開。

結果新野所有的百姓，都跟著主人一起到樊城去。

主人不但要孫乾留在河邊調撥船隻給百姓搭乘，也要糜竺保護屬下家人的安全，把他們平安送到樊城。主人就是這麼用心，所以能得到百姓的認同。

另一方面，孔明在新野，教人堵住河流的水路，等曹操手下曹仁的軍隊一來，一面從西、南、北三門放火，一面在東門攔殺逃出的士兵，給曹仁的軍隊一個痛擊。

這一仗，打得曹仁軍隊焦頭爛額，大敗而去。新野城卻也被燒成灰

燼，大家一塊往樊城而去。

在樊城的時候，徐庶從曹操那兒來見主人。徐庶說，曹操知道屬下曹仁在新野一戰大敗，非常生氣。

「所以曹操派我前來轉告大哥，如果大哥再不投降，他就要派軍隊把樊城踏成平地。曹操還要我轉告，希望大哥不要連累了樊城無辜的百姓。」

說完，徐庶拱手告訴主人：「大哥放心，我雖然在曹操陣營裡，但是，我不會獻給他半點計謀來害大哥。當初我會離開大哥，就是曹操假造我母親的信，才讓我受騙為他效力。現在大哥有『伏龍』的輔佐，一定可以成就大業。」

果然跟我當初猜測的一樣，是曹操用計搶走了徐庶。

兩個人見面，又有說不完的話，聊天到深夜。

第二天，徐庶帶著主人的口信回去。曹操知道主人不肯投降，真的起兵攻打樊城。

孔明看看情勢，說：「那麼，我們去襄陽吧！」

主人心裡卻很猶豫，他說：「可憐這些百姓已經跟著我來到樊城，我要是再離開這裡，他們該怎麼辦？」

「主公不妨告訴百姓，願意跟隨的就跟著去襄陽，不肯去的就留下來。」

結果不僅新野的百姓全都願意跟隨，就連樊城原來的百姓知道曹操要來，也扶老攜幼，跟著主人渡河，要一起到襄陽去。

主人看著一船又一船的百姓，非常心疼，他說：「為了我一個人，讓百姓受這種苦，這都是我的罪過啊！」

「主人，所以你更要把他們帶到安定的地方才對。現在，我們何不去攻打投降曹操的劉琮，佔據襄陽，讓百姓在那裡安居。」

孔明同時建議主人：「劉琮就在襄陽城，攻下襄陽就等於擁有荊州，再以荊州為基地，力拼曹操。」

主人不忍心攻打劉琮，也不忍心讓百姓在流離失所之中，又要受戰爭的苦。所以又離開襄陽，往江陵移動。

在前往江陵的時候，除了原有的新野、樊城百姓之外，又有許多襄陽的居民，也來跟隨。這一支龐大的逃難隊伍，像滾雪球一樣，愈滾愈大。主人的魅力，真是銳不可擋！

到了接近目的地江陵的時候，這支隊伍已經有十多萬人了。有的人推著小車，有的人駕著牛車；有的背著小孩、扶著老人、提著鍋子，全都走在一起。

我也跟在這支隊伍裡。雖然我不必走路，可以騎在馬上，但是豔陽高照、烈雨強風，一路上十分辛苦勞累，更何況是那些走路的人呢？行進的速度像陷入泥漿中的船隻一樣，怎麼也快不起來。

人群裡，有人勸告主人：「劉皇叔啊，你讓這些百姓跟著，如果半路上，曹操兵馬來襲，被這群人一拖累，你一定吃敗仗。」

主人立刻說：「打敗仗又怎麼樣，我不就常吃敗仗？不是為了救百姓，我出來跟曹操拚命做什麼？」

逃難的隊伍愈來愈龐大。逃難途中，我還得幫主人留意他的妻兒，別讓他們又走散了。

逃難速度緩慢，這消息遲早會傳進曹操耳朵裡。果然在前往江陵的路上，在當陽附近，曹操派了五千士兵，趁著夜半，來攻打攔劫。困乏疲倦的士兵，勉強撐持到天亮，男女老幼早已四散奔走。數一數主人身邊，就只剩下一百多個士兵。

就在這混亂的時刻，我發現兩位夫人和阿斗都不見了。我盡力看守的就是他們三個，怎麼一轉身就不見人影了？

主人這時也問：「趙雲呢？」

有士兵說：「我看見他往西北方逃走了。」

另一士兵說：「會不會是投降曹操去了？」

主人不相信趙雲會投降，他告訴我：「幸運，趙雲一定是護著阿斗，到什麼地方去了。你腳程快，去幫我找找看。」

我在混亂之中，四處尋找阿斗和趙雲。

兵荒馬亂裡，先往哪一個方向才好？好吧，憑著我的直覺走就對了，先朝著兵馬最多的方向去吧。

「殺——衝啊！」一批軍馬衝了過來，我機警的退到路邊。

衝過來的七、八個兵將中，最前面的那個將軍，我認得是曹操部將淳于導。那個被他綁在馬上載著走的，不就是主人的左右手糜竺？

再看清楚一點——沒有錯，他們綁著糜竺一定是要去獻功的！怎麼辦？幸運龍我現在該怎麼做才好？回去告訴主人？跟著淳于導走？還是去找趙雲和阿斗？

正在猶豫的時候，一桿長槍刺向淳于導，淳于導當場倒下。握著長槍的，不是別人，正是將軍趙雲！趙雲已經找到甘夫人，正在尋找阿斗和糜夫人的下落。他解開糜竺身上的繩索，把甘夫人交給他。

「你保護甘夫人回去，我要再去找阿斗和糜夫人。」

我跟著趙雲去找阿斗。趙雲遇到認識的人就問：「看到糜夫人了嗎？」「你看到阿斗了嗎？」

趙雲沿路探聽，最後有人告訴他，糜夫人抱著阿斗，躲在前面不遠的一戶破屋子裡。

糜夫人看見趙雲，激動的說：「將軍，您來了，阿斗有救了！」

「我們快走吧，趙雲護衛夫人去和主公會合。」

「不行，我已經沒有辦法走了。」

這時我和趙雲才發現，糜夫人的腿受傷了。

她說：「我的生命不重要，將軍快把阿斗抱回給皇叔才要緊。」

趙雲堅持要帶夫人一起走，糜夫人說什麼也不肯拖累趙雲。

糜夫人說：「將軍趕緊把阿斗帶到安全的地方，不要管我，我會想辦法。」

趙雲還是不肯。最後，我看見糜夫人把阿斗放在地上——就在趙雲還反應不過來的時候，夫人竟跳進井裡去了！

「夫人——」趙雲大喊，但已經來不及了。

糜夫人不是阿斗的生母，為了救阿斗，寧可犧牲自己。目睹這一幕的我，既心痛又心疼，這是一個偉大母親的胸懷呀！

趙雲沒有辦法救回糜夫人，心裡十分難過；但還是打起精神，趕緊送小主人回去。

我看見他解開身上綁住鎧甲的帶子，取出護心鏡，先把阿斗綁在懷裡，再用護心鏡保護阿斗。

就在這時候，一群曹操軍隊來戰趙雲。趙雲三兩下把這些士兵收拾得乾乾淨淨，衝出一條活路來。

緊接著，曹操大將張郃又來戰，趙雲不求殺敵，只求有路可走。情急之下，我跳上前去指揮趙雲的馬兒前進，左邊、右邊，我快，馬兒就快。

快馬加鞭的時刻，「啊呀！」糟糕，我一個閃失，指揮失誤，趙雲竟然連人帶馬跌進土坑。

「完了！」張郃部隊就在後面追來，趙雲和阿斗這下一定沒命了。

我立刻溜到馬匹後頭，順著牠跌跤下來、力道反彈的剎那，推了馬屁股一把，讓馬彈出土坑。張郃的箭已經射向土坑，千鈞一髮之際，那

曹
曹

馬兒只顛簸了兩下，就載著趙雲和阿斗翻身往前。

張郃看得目瞪口呆，我聽到他驚訝的說：「真是神助啊！」

趙雲翻身奔逃不遠，前面又來兩個大將擋住去路；我引著馬兒回頭，後面又是兩個敵將。趙雲兩隻手對抗四個猛將，為了救小主人，他一點也不敢馬虎。我也在馬腳下，帶著馬兒往縫隙裡鑽；我和趙雲配合得天衣無縫。

這一路下來，趙雲連殺了五十多個曹操手下，再怎麼勇猛，也早已筋疲力盡了。就在趙雲快要支撐不住的時候，來到長坂坡的長坂橋邊，我看見救星了——張飛正挺著丈八蛇矛站在橋上。

趙雲大叫：「翼德快幫忙！」

張飛讓出路來，先讓趙雲順暢通過，接著把後面的追兵全擋了下來。趙雲快馬加鞭，再衝二十里路，終於來到主人身邊。安全抵達！一條曲折坎坷、血淚交織的路啊！不是親身經歷，沒有辦法體會。

趙雲解下身上睡得香甜的小主人阿斗，交到主人手裡。主人接過阿斗，看著手中熟睡的小娃娃，難過又激動的說：「你這個小傢伙，害我差點損失一名大將！」

趙雲還喘著氣，立刻向主人解釋：「主公千萬別這麼說，趙雲肝腦塗地，也無法報答主公的恩惠啊！」

身為萬靈神獸、幸運之龍的我，能跟這位「一身是膽」的超級戰將並肩作戰，真是無上榮幸！

不過，這一場當陽、長坂大戰，最後還是戰敗，主人只好退到劉琦駐守的江夏，等待時機的來臨。

18 逆轉勝稱漢中王

建安十四年，劉表的長子劉琦生病去世，投降曹操的劉琮，也被曹操殺害。劉表的兩個兒子都不在人世了，大家都希望主人能接下荊州牧的職位。這一次，主人沒有拒絕，因為他已經不用和劉家人爭奪了。

主人有了孔明，真是如魚得水；在孔明的協助之下，果然於建安十九年順利取得益州兩川之地。我看得出來，不只主人很仰賴他，連關羽和張飛也對孔明愈來愈服氣。

建安二十三年，主人已經五十八歲了，不知道他究竟能不能坐上龍椅、當上皇帝？我對這件事，漸漸感到擔心。當初玉皇給我的訊息正確嗎？孔明真的有辦法協助我嗎？主人年歲不小了，我的任務再達不到，玉皇大帝恐怕要怪罪我了。

這一年，主人留下關羽鎮守荊州，他親自帶著張飛、趙雲、馬超、黃忠四名大將，要拿下益州北邊的重地——漢中，對手是已經稱「魏王」的曹操。

曹操精銳的猛將如雲，這是一場不好打的硬仗。

正因為這樣，緊要關頭主人還是親自披掛上陣。大家勸他不要冒這個險，他不肯聽，一定要跟大家一起去拚命。

定軍山之戰，他又親自上場作戰，我在馬鞍上不斷勸他：

「主人，您已經快六十歲了，打仗的事，交給將士去做，您別……」

話沒說完，一箭射來，差點就射中主人。

主人身邊另一個重要的謀臣法正怕有什麼閃失，立刻跑到主人身邊，為主人擋箭。

就在這個時候，又一枝利箭飆來，射向法正。

「孝直小心！孝直你快退下吧！」主人大喊。

「主公都親自上陣了，我怎麼能不出來呢？」法正說什麼也不肯退下。

主人拿法正沒有辦法，只好說：「法正，我們都退下吧。」

這一場定軍山之戰，眼看著主人就要吃敗仗了，但幸運之神還是來照顧主人——年歲大卻不服老的黃忠，讓這場戰役出現大逆轉。黃忠斬了曹魏主將夏侯淵，曹軍立刻軍心大亂，大將張郃也挽回不了情勢。

於是曹操親自率領大軍來跟主人作戰。這一年，曹操六十五歲，主人也已經五十九歲了；他們兩個從年輕打到現在，從徐州打到益州，這一仗，主人第一次沒有被曹操打敗。

主人有諸葛孔明為他籌劃，有老將黃忠、勇將趙雲、謀臣法正……當然還有主人精心配置軍隊，和愛護別人就像對待自己的個性，都是讓這一場「定軍山之戰」勝利的原因。

主人這時候擁有荊州、益州這兩處漢中附近的地方，和曹操、孫權形成鼎立的局面。

孔明算算時機成熟了，一切跟他當初在隆中分析的情況很接近，於是他來見主人，他說：「主公，現在皇帝完全沒有權力，大權操控在曹操手裡，百姓好像失去主人一樣。主公仁義，天下人都知道，可以順應

曹
劉

天時，即位為皇帝了。」

主人聽了大吃一驚，他搖搖頭說：「劉備雖然是漢室宗親，但只是臣子。當今皇帝還在位，如果我自立為皇帝，就是反漢，這是萬萬不可的。」

「如果主公還是講究倫理，不肯稱皇帝，那麼就稱為『漢中王』吧。」

「沒有得到天子的許可，自己稱王，這也是不對的。」主人怎麼說都不同意。

孔明說：「主公可以先進位為漢中王，再向天子報告，請他同意。」

主人還是想要找理由拒絕，我在他耳邊輕輕的說：「不要忘了你在桑樹底下說過的話。」

主人終於勉強點頭答應。

建安二十四年秋天，主人登上設在漢中沔陽的壇場，即位為「漢中王」。文武官員都來拜賀，立劉禪為「世子（註十二）」，封孔明為「軍師」，關羽、張飛、趙雲、馬超、黃忠五個人為「五虎大將軍」。

主人又向皇位邁進一步了，我要努力再推他一把。

註十二：古時候天子、諸侯的正室所生的兒子。

19 登上龍椅稱皇帝

主人取得漢中之後，才讓鎮守荊州的關羽往北征戰，要奪回荊州北方被曹操占領的襄陽和樊城。

起初傳回來的都是好消息，關羽打敗曹操猛將于禁、龐德、曹仁，曹操不斷派兵援助。主人對關羽很放心，相信他一定能收復北部地方。

但是後來消息傳回來，說曹操和孫權聯合，一起攻打關羽。關羽支撐不住，只好退到麥城；他繼續往西逃亡的時候，在狹小的山路上，孫權手下馬忠設下陷阱，絆倒關羽，馬忠便把關羽獻給孫權。

孫權雖然欣賞關羽，但還是聽了部下的建議，把關羽父子都殺了。

聽完這個消息，主人難過得哭倒在地，昏了過去。他跟關羽、張飛三人情同手足，感情甚至比親兄弟還要好，我知道主人沒有辦法承受這些傷痛。

主人醒來之後，只要想起過去，想起三人在桃園之中結盟為兄弟的情景，眼淚就不停的流下。

「主人，你哭到眼淚都成了血水，如果關羽還在世，他也不希望你這個樣子。」

「幸運，你忘了嗎？我們曾經發過誓，要同生共死。現在二弟走了，我卻還活著，這教我怎麼不難過啊？」

「主人，別忘了你還有重要的事要完成，你要保重身體啊！」

張飛在閬中，知道關羽遇害的消息，據說也一樣哭到淚成血；他發誓要為關羽報仇。

我出去打探消息，聽到了各種傳說。有人說自從關羽死後，曹操每天夜裡都看見關羽站在眼前，瞪得曹操心裡非常不舒服，每晚都睡不好。不管傳說是真是假，就在關羽死後不到一個月，傳來了曹操在洛陽去世的消息。

曹操去世之後，他的兒子曹丕繼任為魏王。幾個月之後，曹丕逼迫皇帝把帝位「禪讓」給他。皇帝無奈，只好照著辦。

曹丕稱帝，國號「大魏」。這件事讓我頭痛了好久。曹丕都已經爬上帝位了，主人什麼時候才能坐上龍椅？

我看著不再年輕的主人，說：「主人，現在皇帝已經不是劉家人，

你可以理直氣壯的去占這個位置了。」

主人沒有說話，他知道，大家也計畫要尊他為皇帝。

有一天，孔明來見主人，他說：「大王，最近祥風吉雲，成都西北角黃氣沖天，帝星明亮，正是大王即帝位的徵兆；您一定要這麼做，才能接續大漢歷史。」

主人還是猶豫著。我說：「主人接受這帝位吧！這樣可以名正言順討伐曹丕，為皇帝雪恨。」

「劉備何德何能？一個賣鞋的村夫，怎麼能登上帝位？」

「主人，你忘了高祖爺爺也是一個農夫的孩子。」

就在主人猶豫不定的時候，傳來孔明生病的消息。

侍衛來報告，說孔明無法上朝，主人知道之後很著急，連忙親自去探望。

主人來到孔明的寢室，他握著孔明的手問：「軍師怎麼了？」

孔明虛弱的回答：「大王，臣病了。」

但是我站在床邊，怎麼看都覺得孔明不像生病的樣子。他氣色好、呼吸緩暢、瞳孔正常，看不出有什麼病。

主人擔心的問：「軍師您這是什麼病？」

孔明無力的說：「臣內心憂慮，一顆心像著了火似的在焚燒，恐怕是活不久了。臣大概無法再為大王效力了。」

主人問：「軍師憂慮的，是什麼事？」

孔明搖搖頭：「還是別說了吧。」

主人問了好多次，孔明都不肯開口回答。

這時我已經看出孔明的計謀了，他一定是要藉機逼主人登上皇帝的寶座。我就在主人身旁，看孔明如何演戲。

主人一再追問，孔明才說：「臣自從跟隨大王到現在，大王對臣言聽計從。現在曹丕篡位，大漢命脈將要斷絕，文武百官都希望大王當皇帝，滅了曹魏，復興漢室。可是大王堅持不肯，文武百官心裡都不愉快，不愉快就不團結；這樣如果吳、魏來攻打，一定難保。臣怎麼能不憂慮？」

主人無奈的說：「我不是推阻，我是怕天下人議論我。」

「現在大王名正言順，有什麼好議論？」

主人只好說：「等軍師病好了再說也不遲，軍師好好養病要緊。」

「臣的病如果好了，大王可願意即帝位？」

「軍師病體為重，不要再為這些煩憂。」

「大王，你不答應，臣更煩憂。」

主人無奈的說：「好吧。」

孔明聽了，立刻從床上一躍而起：「大王，臣的病已經好了。」

主人大吃一驚，孔明又一手把屏風擊倒，文武百官全從屏風後走進來行禮覲見。

這下主人再也沒有藉口了，他嘆一口氣說：「你們真是陷我於不義啊！」

過了不久，孔明傳令，在成都武擔之南築台，迎漢中王登壇祭拜為皇帝。

請大王登上
龍椅寶座！

「萬歲萬歲萬萬歲！」

真是令人欣喜的一刻啊！我的主人一生都在爭戰裡打滾，六十一歲了，雖然年紀不小，但他終於登上皇位，我可以回去交差了！

主人稱帝，國號依舊是「漢」，這一年就叫「章武元年」。封劉禪為太子、第二個兒子劉永為「魯王」、第三個兒子劉理為「梁王」。

「玉皇啊！幸運龍這件事順利圓滿達成，我可以回天庭休息了嗎？」

我傳了訊息給玉皇大帝，但是不知道為什麼，一直沒有收到玉皇的回答，也沒有看到我的祥瑞之雲來接我。看來，我可能還需要陪在主人身邊一段時間。

20 永安宮託孤

主人登上皇位，第一件事就要征討東吳，為關羽報仇。這天，我聽到有人傳報：「張飛進見！」主人急忙召見，兩個人又是一陣抱頭痛哭。

「陛下現在是皇帝了，一定忘了當初桃園之中的誓言。二哥的仇，為何一直不報？」張飛全忘了主人現在的身分，講話還跟過去一樣魯莽。一向好脾氣的主人，當然也沒有計較這些繁瑣的禮節。

「朕如何能忘？朕與賢弟一同去為雲長報仇。」

張飛這粗壯的大漢，也流了滿臉的淚：「好，大哥，我們一起去！」

於是張飛回到鎮守多年的閬中，準備隨時跟主人一起去征東吳。

張飛回去才沒幾天，一天深夜裡，主人躺在龍榻上，翻來覆去睡不著覺。

「主人，你怎麼了？」

「我覺得心神不寧，一直無法入睡。」

於是我跟著主人到外面去看天上的星星。就在這個時候，西北方一顆星星，突然墜落。

「一定是三弟出事了！」我看著星星墜落的方向，心裡也一陣詫異。

第二天就聽見有人從閬中傳來張飛被殺的消息。主人聽了，急忙問明原因：

原來張飛報仇心切，回閬中之後，下令三天之內做好白旗、白色戰袍，三軍全都帶孝去討伐東吳，為關羽報仇。

兩個小將回報，說一時之間沒有辦法做好這麼多旗幟和戰袍，能不能寬限幾天。

據說張飛非常震怒，氣憤的說：「我急著要報仇，恨不得明天就去，你還敢違背命令？」

張飛便把兩個小將綁在樹上，各打五十鞭。然後告訴兩個人：「如果沒有辦法完成，就殺了你們兩個。」

兩個人被打得皮開肉綻後，心有不甘，暗中商量：

「三天內，這件事是不可能辦到的。張飛這個人脾氣火爆得要命，我們兩個一定死路一條。」

另一個也說：「與其等著讓他殺我們，不如我們去殺了他。」

於是兩個人深夜來到張飛帳中，那時張飛喝得爛醉，正呼呼大睡。

兩個人拿出短刀，一刀刺下，結束了張飛的性命。

主人聽完，更加心痛：「我跟關羽、張飛三人一起在桃園之中，結拜為兄弟。當初發誓，生要在一起，死也要在一起；可是現在，我是天子了，他們卻都離開人世，怎麼不令我斷腸心碎啊？」

唉，我以為任務達成了，就能快快樂樂的回天庭報到；沒想到主人當了皇帝，完全沒有想像中的快樂。

或許是怒急攻心，登上帝位才三個月的主人，竟不顧大家的反對，帶著一批士兵，發動「夷陵之戰」，要為關羽報仇。起初主人每仗必勝，但是後來卻被東吳大將陸遜打得節節敗退。

「主人，別再戀戰了，等我們培養好實力再來吧。」

「不行，我要為二弟報仇。」

一次又一次的敗仗，最後主人真的支持不下了，敗退白帝城。第二年的「猇亭之戰」，敗得更慘。身心俱疲的主人在白帝城定居，他把住的地方命名為「永安宮」，大概他希望未來的日子「永遠安寧」，不要有戰爭吧。

六十二歲的主人，精神愈來愈差，他時常夢見關羽和張飛。

「幸運啊，你可以回天庭了！」有一天，我突然收到天皇降下的訊息，我心頭一驚。

「不行，讓我陪著主人走完這一程。」

「幸運，祥瑞之雲已經等著你了。」

我看看窗外，好久不見的祥瑞之雲果然在不遠的地方。但是我沒有立刻隨之離開。主人善良仁慈，他對待每一個人，都是真心誠意的，對我也一樣；他從來沒有責怪我，沒有帶給他足夠的幸運。我不能現在就拋下主人。

就在他身體最虛弱的時候，主人派人去成都，請丞相孔明趕來永安宮相見。

孔明流著淚，伏在地上說：「請陛下保重龍體，這是天下人民共同的願望啊！」

「朕原本想與丞相一起去滅了曹賊，共同輔佐漢室，但是我現在要跟你道別了。」

這時候孔明早已泣不成聲：「願陛下休養身體，臣願全心為陛下效力，來報答陛下對我賞識、重用的恩情。」

我終於達成任務，真是太感人了……

主人要人扶起孔明，他握著孔明的手說：「朕有幾句心裡話想說。」

「陛下想說什麼？」

「你的才能，勝過曹丕十倍，一定能完成統一大業，安定國家，讓百姓安居。如果阿斗值得你輔佐，你就輔佐他；如果他不成才……丞相……」

「臣在。」

「你可以代替他，自立為皇。」

孔明聽了，立刻跪了下來：「臣怎麼敢不盡力輔佐？臣忠貞不變。」

於是主人要孔明坐在床上，要魯王劉永、梁王劉理向孔明行禮。

「你們三兄弟對待丞相要像對待父親一樣，不可怠慢。」

然後主人又握著趙雲的手，說：「我們在患難之中認識，一直到今天。現在我要跟你告別了，希望你念在我們的交情上，我的孩子……」

趙雲也哭得說不出話來：「我一定盡全力，為陛下效勞。」

在場的人都哭得好難過。我也被傷心的氣氛感染，眼淚流了下來。猛然抬頭，我又看見祥瑞之雲在外頭等候。

就在這時，我聽見主人對我說：

「幸運，你看那棵大樹……」

「主人，我看見了！」

「幸運，我長大了，我當上皇帝，乘坐有這種華蓋的車子，你要坐在我身旁……」

「主人，我會一直陪在你身邊……」

讀書會

我從賣草鞋的平民百姓，搖身一變為蜀漢開國皇帝。我的這條帝王路可是歷經幾番波折，還好有幸運龍一路守護，讓我平安登上皇帝的寶座！
翻開【三國小學堂】，讓我們一起回顧我的一生吧！

英雄的軌跡

劉備在幾個猛將和名士的幫助下，一步步踏上帝王路。請根據故事內容，將下列十個跟劉備有關的事件，排列出正確的順序：

◆西元**156**年，出生於幽州涿郡涿縣。

◆西元**171**年，到京城洛陽求學，拜盧植為師，與公孫瓚為友。

◆西元**184**年，幽州州牧劉焉召募義勇軍，與關羽、張飛在桃園結義，討伐黃巾賊。

◆西元**190**年，參加反董卓聯軍，虎牢關與關羽、張飛同戰呂布，一戰成名。

◆西元**193**年（　）

◆西元**194**年（　）

◆西元**196**年（　）

◆西元**200**年（　）

◆西元**201**年（　）

◆西元**207**年（　）

◆西元**208**年（　）

◆西元**214**年（　）

◆西元**219**年（　）

◆西元**221**年（　）

◆西元**223**年　在白帝城病逝。

1. 自立為蜀漢昭烈帝。為了幫關羽報仇，進攻吳國，在夷陵被陸遜火攻而慘敗。

2. 前往救援被曹操攻打的陶謙，徐州牧陶謙將徐州讓給劉備。

3. 離開曹操，在徐州境內的小沛屯兵獨立。

4. 曹操揮軍南下進攻荊州，靠著張飛、趙雲順利從曹軍中逃脫，投奔江夏。

5. 被呂布攻擊，投靠定都許昌的曹操。漢獻帝以叔姪之禮相待，世稱「劉皇叔」。

6. 想突襲和袁紹軍對峙的曹操，被打敗，轉而向南投奔荊州的劉表。

7. 留下關羽鎮守荊州；雖失去軍師龐統，依舊如願打敗益州牧劉璋，據有益州。

8. 投靠被曹操攻擊的袁紹。此時關羽被張遼說服，暫時投降曹操。

9. 定軍山一戰打敗夏侯淵，攻陷漢中，在諸葛亮建議下即位漢中王。

10. 聽從劉表的建議屯兵新野，以抗曹操。同年三顧茅廬請出諸葛亮擔任軍師。

英雄的軌跡解答

3→2→5→8→6→10→4→7→9→1

三國歇後語

三國的人物、事件眾多，也衍生出很多有趣的歇後語。

試著從下面題目1~6中找到與之對應的答案a~f，並想一想這些歇後語的由來。

1. 劉備借荊州
2. 關公面前耍大刀
3. 徐庶進曹營
4. 劉備見孔明
5. 曹操殺人
6. 關公吃酒

a. 不自量力
b. 看不出來
c. 亂來一氣
d. 有借無還
e. 一言不發
f. 如魚得水

快問快答

1. 劉備有好幾次可以獲得更高的職位或成就，但是最後卻放棄了。你覺得劉備為什麼會放棄？如果你是劉備，你會怎麼做？

2. 曹操說：「今天下英雄，惟使君（劉備）與操耳。」曹操與劉備從年輕打到年老，從徐州打到漢中，也相繼稱王。你認為哪一個是英雄？

3. 請根據故事中劉備對於身邊人、事、物的反應，試著分析劉備的個性。

4. 在蜀漢諸武將中你最欣賞哪一位？為什麼？

5. 作者說劉備是「三國的模範生」。你最同意作者序中的哪一句話？作者對於劉備的描述，跟你印象中的一樣嗎？

三國歇後語解答

1. d
2. a
3. e
4. f
5. c
6. b

推薦文

當我們同看《三國》

東華大學中文系教授　王文進

臺灣中視曾播映二〇一〇年中國新拍攝的九十五集《三國》電視連續劇。細心的觀眾逐漸會發現到：無論是人物的造型或情節的推展，似乎和一九九四年大陸中央電視臺製作的八十四集《三國演義》有極大的出入。其中劉備變得極為英華內斂、遇事果斷明決，似乎不那麼全然依賴諸葛亮的神機妙算。孫權也變得聰明睿智，處理國家大政能調和鼎鼐，對於群臣正反兩派的激爭能順勢利導，毫無猶疑不決的焦躁。魯肅更是由以前那種始終在孔明與周瑜兩強鬥智漩渦中窘態畢露的左支右絀，搖身一變成為跟孔明一樣料敵機先、運籌帷幄的儒雅高士。甚至可以在荊州之爭中義正辭嚴的折服歷來為三國迷視為最高偶像的關雲長。如此撲朔迷離的變動，究竟何者為是？何者為非？相信大家一定開始感到困惑不解。

歷史小說的新熱潮

其實一九九四年中國中央電視臺八十四集的連續劇是完全根據中國明代四大小說之一《三國演義》改編而來，除了極小部分情節的更動之外，編導強調的是忠於小說原著。雖然小說原著並不吻合歷史上真正發生過的真實或是西晉史學家陳壽所寫的《三國志》，但由於小說中所塑造的聖君、賢臣、勇將的忠孝仁義深入中國文化的各個層面，故而早已被當成「正史」一般加以傳頌、詠歎。而二〇一〇年版本的九十五集三國連續劇則是蓄意掙脫小說《三國演義》的束縛與框架，企圖加入一些更早的史籍資料，再重新予以組合。

所謂歷史中更早的史籍，大致可以回歸到陳壽的《三國志》及裴松之的《三國志注》。因為三國的這一段歷史，最早是由西晉的陳壽在三分歸晉之後的十年左右，也就是公元兩百九十年前後，以史書的形式《三國志》加以記錄。而後在事隔一百三十幾年後，劉宋王朝的裴松之又收集了一百多本史書加以補充陳壽《三國志》對三國歷史人物的紀錄，對於重新拼湊三國歷史真相的工作有極大的意義。二〇一〇年版本的三國連續劇其實就有些部分嘗試跳過小說《三國演義》，直接就三國史籍的源頭重新編寫一套三國群雄稱霸史，卻因此使長期執迷於小說《三國演義》的三國迷陷入困惑與錯愕。

平衡史實與虛構情節的改寫

這一套兒童版【奇想三國】，其實也同樣面對如何重新塑造處理三國英雄人物的難題。如果延續小說《三國演義》的文獻紀錄來寫諸葛亮與劉備的英勇事蹟，當然是順水推舟、事半功倍。因為小說《三國演義》本來就是以「擁蜀抑曹」為立場的敍述角度；諸葛亮的神機妙算與劉備的仁義兼備只要順著小說原來的旋律加以改寫，就足以令人悠然神往。但是若要用同一筆調描寫孫權就扞格不合了，因為《三國演義》雖然表面是寫三國逐鼎之爭，骨子裡小說家的敍述角度卻巧妙的落在蜀魏爭霸的動線上，而孫吳其實一直是被邊緣化與丑角化。試看其赤壁英雄周公瑾，始終被寫成一個心胸狹窄，不識大體的輕佻之士；而魯肅也只是一位唯唯諾諾的甘草人物。但歷史上的孫權連曹操都不禁讚歎：「生兒當如孫仲謀」，而魯肅對天下大勢的精準分析，比諸葛亮的「隆中對」更要早了七年。他的身材魁武雄壯，也絕不是平劇上略顯駝背、不堪負重的造型。所以本系列寫到孫權的時候，就不得不跳過小說《三國演義》。因為《三國演義》的孫權在周瑜的慫恿下，居然天真的想用自己的妹妹當釣餌，去誘騙劉備過江招親，結果落了個「賠了夫人又折兵」的笑柄。別忘了歷史上的孫權深黯天下大勢之所趨，知道唯有把荊州借給劉備，讓劉備替孫吳去阻擋北方的曹操，才是對東吳最有利的規劃。這一些都是要由《三國志》及裴松之引據的相關史料來加以重新推測組合。

拉近讀者與歷史之間的距離

所以本系列依據的典籍，大略可分成兩個系統：「劉備」、「孔明」、「曹操」大致根據的是小說《三國演義》，而「孫權」的傳略事蹟根據的則是陳壽《三國志》及裴松之的《三國志注》。當然我們不會期望小讀者對於三國故事的來源能如此窮根究柢，我們最大的期望是小讀者們能經由這四個三國人物的事蹟及其傳奇風采，逐漸進入三國故事宏偉的旋律中，進而激發其對歷史故事的思考。希望將來他們成年之後，能經由童年所培養的興趣，而發展出真正探討歷史真實的能力。因為我們相信一個有能力探討歷史的青年，一定是領導社會的卓越菁英。

換句話說，本系列在改寫的過程中，態度是極為嚴謹的。雖然為了提高小讀者閱讀的興趣，採取了兒童文學敍述的筆調，並分別虛構了四個敍述者的角度，企圖拉近英雄人物的歷史舞台與小朋友心靈世界之間的距離，但是有關史籍的引用卻是極具分寸的。若非根據小說《三國演義》加以改寫，就是間接援引《三國志》及《三國志注》的資料，其來龍去脈大致有跡可循。

相信有一天閱讀這套讀物的小朋友進入高深的求學領域時，這套書仍然可以經得起他們的回味及探究，而成為其成長過程中永遠迴盪的主旋律。

如果拿《三國演義》當國語教材……

北投國小資優班老師　陳永春

在高年級國語課中進行「導讀三國演義」教學多年，初期是以「人物研究」做為資優班選修的課程。後來擔任普通班高年級導師，從國語課本中選錄「草船借箭」進行延伸，全班幾乎也能把《三國演義》裡近八個回合所描述的赤壁之戰，整個讀過一遍。

「古典文學中的文言文，對學生來說不會很難嗎？」常有家長和老師們這樣問我。其實孩子們對這些帶著神秘氣氛的歷史故事，並不陌生啊！許多小朋友，都是經由電玩、漫畫、動畫開始接觸《三國演義》的。這些經驗基礎，只要適當的引導，「借力使力」透過電影、戲劇中的對白，適時「引經據典」一番，文言文就不再生硬陌生；反而文言文中對仗的、精簡的、充滿象徵意味的文字，更能表現一些獨特的美感，甚至吸引他們也想自己寫寫看呢。

經典故事導入教學

中高年級學生的閱讀傾向，適合閱讀「傳記類」、「歷史性」的小說；而《三國演義》中人物之多、事情變化之曲折，人情事理中顯露出人性的種種狀態，都可提供學生「學得了做人與應世的本領」。經典之所以成為經典，必有可觀之處。經典是可以跟現在正在發生的生命狀態產生對話、允許辯論、質疑和討論的。

而在教學設計上，要有教學理念的高度，也要有適合孩子口味的親和力。孩子學習動機強，就能廢寢忘食、深入鑽研，激發令人驚喜的潛力。「導讀三國演義」課程，就是希望藉由對小說情節的討論，讓學生有能力檢視自己的生活經驗與人際關係。既然是討論，就不必有標準答案，不管贊成或反對，都要說明理由，以培養深度思辨的能力。

天下雜誌童書出版的【奇想三國系列】是專為國小中高年級出版的中長篇小說，每一本故事都有一個虛擬人物來串連主角的人生，以這個虛擬人物的角度來看主角的功過。例如《九命喜鵲救曹操》是由一隻九命喜鵲的角度來看曹操的一生；《萬靈神獸護劉備》則是有一個「守護龍」來推劉備上皇帝的寶座。虛擬人物增加了故事的新鮮及趣味度，史實的部分則是以《三國演義》與《三國志》為基礎。同樣的故事情節，在不同的人物傳記裡，也呈現了不同角度的敘寫，讓讀者有不同的觀察與思考。

例如「孔明借東風」一段，在《影不離燈照孔明》中是這樣寫的：

（孔明）寫好了以後，把藥方交給周瑜看，上面寫著：

欲破曹公，宜用火攻。萬事俱備，只欠東風。

周瑜看了，臉上露出苦笑，他說：「原來先生早就知道我的病源，那麼該用什麼藥來治？」

主人（孔明）告訴周瑜：「如果都督需要東南風，可以在南屏山建一座『七星壇』。孔明就在那兒作法，借來三天三夜的東南大風，幫助都督順利火攻曹營。您覺得這藥方如何？」

周瑜說：「不必三天三夜，只要一夜大風就夠了。現在時機成熟，我們不能再等了，立刻去做吧。」

「那麼就訂在十一月二十日作法，如何？」

在《少年魚郎助孫權》中是這樣寫的：

周瑜的病，諸葛亮說他會醫。

這倒奇了，周瑜派龐統去治曹操的偏頭痛，諸葛亮卻來醫周瑜的病。

「心病需要心藥醫，都督萬事俱備，只欠一樣藥引。」

瞧諸葛亮說得煞有其事的，連主公都忍不住問：「那，欠了哪樣藥引？」

諸葛亮大筆一揮，白紙上赫然出現「東風」二字。

周瑜掙扎著從床上起來，瞪著諸葛亮問：「可惜隆冬臘月，何來東風？」

諸葛亮一笑：「依我看，近日天氣回暖，尤其白日，晴空萬里，江面平靜無波，倒有幾分三月小陽春。」

周瑜蒼白的臉上，呈現出笑容了：「意思是……」

諸葛亮大笑：「都督速速回到軍中，東風一至，這場大戰要上場啦。」

以經典文學培養思辯能力

古典而文言的歷史故事，能透過活潑、有趣的小說筆觸，引領孩子更有興趣的學習語文；它帶給孩子們一種對知識的態度，也形成有厚度的人文思維。由於現今社會大環境，較少人討論經典，很少人教授經典，年輕人也鮮少受到經典的影響；或許我們可以從設計流行文化著手，也可以切身的議題做為誘因，「以經典教育提升中文力，並培養小讀者的思辨能力」。

日前，在報紙上讀到一篇關於周瑜在打贏赤壁之戰，幾個月後卻病倒猝逝的醫學解析。原來在《三國演義》中所描寫的「三氣周公瑾」，是周瑜嫉妒諸葛亮，反處處被譏而致箭瘡復發吐血而亡。但透過作者醫療專業背景的分析：周瑜在與曹仁對峙時被流矢射中右肋，第一時間沒有死亡，表示箭傷應該沒有深入胸腔，傷及心臟及大血管；但如果是皮肉之傷，以周瑜羽扇綸巾的本錢，傷口也應該早就癒合，又何來舊傷復發致死呢？合理的推論是，這枝利箭是深及胸腔，但沒有傷及重要器官，所以不會出血致死；但是細菌感染卻慢慢由皮下深入胸腔，在當時沒有抗生素可以使用，又沒有好好休息的情況下，身體的免疫大軍自然節節敗退。

這些類似CSI犯罪現場的第一手實況報導，也算是開展了對經典文學的另一種閱讀面向吧。

萬靈神獸護劉備

作　　者｜岑澎維
繪　　者｜托比

責任編輯｜許嘉諾
美術設計｜林家蓁、蕭雅娟
行銷企劃｜葉怡伶

天下雜誌群創辦人｜殷允芃
董事長兼執行長｜何琦瑜
媒體暨產品事業群
總經理｜游玉雪　副總經理｜林彥傑
總編輯｜林欣靜　行銷總監｜林育菁
副總監｜李幼婷
版權主任｜何晨瑋、黃微真

出版者｜親子天下股份有限公司
地址｜台北市 104 建國北路一段 96 號 4 樓
電話｜（02）2509-2800　傳真｜（02）2509-2462
網址｜ www.parenting.com.tw
讀者服務專線｜（02）2662-0332　週一～週五：09:00~17:30
讀者服務傳真｜（02）2662-6048
客服信箱｜ parenting@cw.com.tw
法律顧問｜台英國際商務法律事務所．羅明通律師
製版印刷｜中原造像股份有限公司
總經銷｜大和圖書有限公司　電話：（02）8990-2588

出版日期｜ 2012 年 9 月第一版第一次印行
2024 年 4 月第一版第二十六次印行
定　　價｜ 280 元
書　　號｜ BCKCJ018P
I S B N ｜ 978-986-241-587-0（平裝）

訂購服務
親子天下 Shopping ｜ shopping.parenting.com.tw
海外．大量訂購｜ parenting@cw.com.tw
書香花園｜台北市建國北路二段 6 巷 11 號　電話（02）2506-1635
劃撥帳號｜ 50331356 親子天下股份有限公司

立即購買 >
親子天下 Education · Parenting Family Lifestyle
親子天下 Shopping
親子天下 有聲故事書

國家圖書館出版品預行編目資料

萬靈神獸護劉備 / 岑澎維文 ; 托比圖. -- 第一版. -- 臺北市 : 天下雜誌, 2012.09
220面 ; 17*21公分. -- (樂讀456系列 ; 18)
ISBN 978-986-241-587-0（平裝）
859.6　　101015834

小時候會讀、喜歡讀，不保證長大會繼續讀或是讀得懂。我們需要隨著孩子年級的增長提供不同的閱讀環境，讓他們持續享受閱讀，在閱讀中，增長學習能力。這正是【樂讀 456】系列努力的方向。 —— 中央大學學習與教學研究所教授 **柯華葳**

系列特色

1. 專為已經建立閱讀習慣的中高年級以上讀者量身打造。
2. 兩萬到四萬字的中長篇故事，培養孩子的閱讀續航力。
3. 多元化題材及結構完整的故事內容，全面提升閱讀、寫作及表達能力。
4. 「456 讀書會」單元，增進深度理解與獲得新知。

妖怪醫院

世上絕無僅有的【妖怪醫院】開張了！
結合打怪、推理、冒險……「這是什麼鬼！？」
新美南吉兒童文學獎作家富安陽子
最富「人性」與「療效」的奇幻故事

故事說的是妖怪，文字卻很有暖意，從容又有趣。書裡的妖怪都露出了脆弱、好玩的一面。我們跟著男主角出入妖怪世界，也好像是穿越了我們自己的恐懼，看到了妖怪可愛的另一面呢！

——知名童書作家 **林世仁**

生活寫實故事，感受人生中各種滋味

★「好書大家讀」入選

★教育部性別平等教育優良讀物
★文建會台灣兒童文學一百選
★中國時報開卷年度最佳童書
★新聞局中小學優良讀物推介

★中華兒童文學獎
★文建會台灣兒童文學一百選
★「好書大家讀」年度最佳讀物
★新聞局中小學優良讀物推介

創意源自生活，優游於現實與奇幻之間

★「好書大家讀」最佳讀物
★文化部中小學優良讀物

★新聞局中小學優良讀物推介

★「好書大家讀」入選

掌握國小中高年級閱讀力成長關鍵期

樂讀456，深耕閱讀無障礙

學會分析故事內涵，鍛鍊自學工夫，增進孩子的閱讀素養

奇想三國，橫掃誠品、博客來暢銷榜

王文華、岑澎維攜手說書，用奇想活化經典，從人物窺看三國

本系列為了提高小讀者閱讀的興趣，分別虛構了四個敘述者的角度，企圖拉近歷史與孩子之間的距離，並期望，經由這些人物的事蹟，能激發孩子對歷史的思考，並發展出探討史實的能力。

——東華大學中文系教授、「三國學」專家 **王文進**

一般人只看到曹操敗得多淒慘，孔明贏得多瀟灑，我卻看見曹操的大器，拿得起，放得下！

——王文華

如果要從三國英雄裡，選出一位模範生，候選人裡，我一定提名劉備！

——岑澎維

孔明這位一代軍師生在當時是傑出的軍事家，如果生在現代，一定是傑出的企業家！

——岑澎維

孫權的勇氣膽略，連曹操都稱讚：生兒當如孫仲謀！

——王文華

黑貓魯道夫

一部媲美桃園三結義的黑貓歷險記

這是一本我想寫了好多年，因此叫我十分妒羨的書。此系列亦童話亦不失真，充滿想像卻不迴避現實，處處風險驚奇，但又不失溫暖關懷。寫的、說的，既是動物，也是人。

——知名作家 **朱天心**

★「好書大家讀」入選
★榮登博客來網路書店暢銷榜
★日本講談社兒童文學新人獎
★知名作家朱天心、番紅花、貓小姐聯合推薦

★「好書大家讀」入選
★日本野間兒童文藝新人獎
★日本路傍之石文學獎
★知名作家朱天心、番紅花、貓小姐聯合推薦

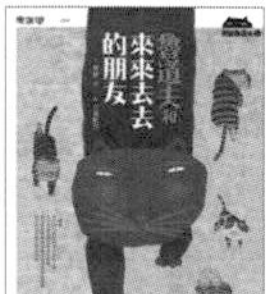

★知名作家朱天心、番紅花、貓小姐聯合推薦

★日本野間兒童文藝獎